辺境育ちの脳筋令嬢、
貴族学院で大暴れ!?
ユーイン・
サコート・フェゾガン
黒耀騎士団所属。
王都の治安維持を担当。
家を追い出されましたが、
元気に暮らしています
Ie wo oidasaremashita ga
genki ni kurashiteimasu
～チートな魔法と前世知識で
快適便利なセカンドライフ！～

コーネシア・
ボーニル・アスプザット
愛称は、コーニー。
レラより一つ年上の幼馴染み。
タフェリナ・ローレル・
レラ・デュバル
転生者。辺境で英才教育を
受けた結果、脳筋に。
追放されてはいるが、
デュバル伯爵家の長女。
前世知識をフル活用！
魔道具のアイデアがとまらない！

移動陣
魔法陣の大きさにより変わるが、
人や物を遠距離移送が可能。
通信機
据え置き型タイプ。
持ち運びには不便だが、
遠距離でも通話が出来る。
トイレ＆お風呂
本来の排水設備を必要とせず、
分解魔法を使用することで
水回りの排水処理を
トイレで一括して行える。
魔法鍵
扉全体に常時発動型の結界を張ることが可能。
使用者、または使用者が許可を出した者以外が
扉を開けようとすると仕掛けが作動し、
映像と音声を記録出来る。
小鳥型魔道具
手のひらサイズの録音再生機。
録音した音声を再生することのみ可能だが、
指定の相手へ飛ばせる機能がある。
一部の研究者の間では、
愛玩用としても人気らしい。
ブローチ
何かあった時に証拠を残せるよう
小型カメラが内蔵されており、
映像と音声を記録出来る。

事件解決のため
ぶっつけ本番で
ブローチの改良開始！

家を追い出されましたが、元気に暮らしています

ie wo oidasare mashita ga genki ni kurashite imasu

〜チートな魔法と前世知識で快適便利なセカンドライフ！〜

斎木リコ
illust. 薔薇缶

口絵・本文イラスト
薔薇缶

装丁
おおの蛍（ムシカゴグラフィクス）

CONTENTS

プロローグ

邸《やしき》の中は騒然としていた。つい二日前、三歳になったばかりの娘が高熱に倒れたのだ。医師の診断によれば、体内の魔力が暴走しているという。

貴族の家の子供には、希《まれ》にある症状だそうだ。沈鬱《ちんうつ》な顔の使用人達に、泣きっぱなしの妻。妻の側《そば》には、この家の跡取りである長男が、無言のまま寄り添っている。

「どうして……どうしてタフェリナが……」

妻は娘が倒れてからずっと、泣いてばかりだ。正直、鬱陶しい。

「いい加減、泣き止《や》まんか」

「あなたは！　自分の娘が苦しんでいるというのに、何とも思わないのですか⁉」

自分の妻に叫ばれて、苦い顔になる。政略で結婚したこの妻に、愛情めいたものを感じた事は一度もなかった。

それは当然、生まれた子供達に対してもだ。あれらは義務で作った子供にすぎない。

妻も、それはわかっていると思っていたのに。

「ああ、タフェリナ……タフェリナ……」

あの娘は、妻が意地で産んだ子だ。本当はもう一人男の子が欲しかったのだろう。長男の控えに次男を作るのはよくある事だ。

妻の狙いは、この家での立場の強化だ。今のままでは、夫に愛想を尽かされた貴族夫人として、あまりにも惨めだから。

そうまでして産んだのは女で、しかも今死にかけている。このまま、熱が下がらなければ最悪の事態も覚悟してくれ。そう言われた時、妻はその場で卒倒した。

魔力の暴走は、命に関わる。だが、現状それを防ぐ手立てはない。治す研究をしようにも、発症する人間の数が少なすぎて無理だという。

娘が発熱してからそろそろ三日。幼子の体力的に、限界だろう。

あの子供は駄目だったか。だが、自分にはもう一人、外に作った娘がいる。そちらの方が可愛《かわい》いし、何なら学院に通う年齢になったらこの邸に引き取ってもいい。庶子は貴族学院に入学が許されないが、何、抜け道というものは何にでもあるものだ。我が家の力を使えば、どうとでもなる。

そんな事を考えていたら、娘の部屋から悲鳴が上がった。

「何だ？　何があった⁉」

慌てるように部屋に入ってきた使用人に訊《たず》ねるも、要領を得ない。しきりに「お嬢様が、お嬢様が」と繰り返して震えるばかりだ。

らちがあかない。へたり込む使用人を置いて、娘の部屋へと急いだ。一体、何が起こったというのか。死んだのなら、そう言うはずだ。使用人達にも、覚悟はするようにと通達したのだから。

部屋に行くと、小さな娘はベッドに起き上がっていた。まるで熱の影響など感じさせない様子で。

だが、あれは本当に自分の娘なのか？

つい先日まで栗《くり》色だった髪は青みがかった銀色に、こちらを向いた瞳《ひとみ》は濃い茶色から深い青に変わっている。

色味が変化しただけで、こうも違う人間に見えるとは。

部屋の入り口で言葉をなくしていると、背後からついてきたらしき妻が悲鳴を上げた。

「あ、あれは誰⁉　私のタフェリナはどこ⁉」

妻の目には、ベッドにいるのは自分の娘ではない何かに見えているらしい。

妻の後ろから部屋を覗《のぞ》いた長男も、妹の姿を見て小さく呟《つぶや》いた。

「化け物……」

周囲の喧噪《けんそう》の中、私は一つの決断を下した。

「これを、辺境に送れ！」

第一章　王都は危険が一杯

「いよっと！」

大きな木の上から、かけ声を掛けて飛び下りる。もちろん、着地の際に風を起こして衝撃を緩和する事は忘れない。

足下には大きなサル型の魔物、ペイロンヒヒが転がっている。本日一番の獲物だ。

「ふっふっふ、これで伯爵も私の実力を認めてくれるはず！」

何せ、ペイロンヒヒをソロで狩ったんだからねー。本来なら、複数人で仕留める魔物。それをソロで狩ったんだよ？　認めない訳がないよね！


「却下だ」

「えええええええ⁉」

私の前で、腕を組み眉間《みけん》に皺《しわ》を寄せる大柄な男性。彼がここ、ペイロン領を統治するペイロン伯爵ケンド卿《きょう》その人だ。

全体的に四角い人で、髪型も角刈り。厳《いか》つい風貌《ふうぼう》は、ペイロンという特殊な領地を治めるにふさわしい。

ペイロンヒヒを狩った事を報告しに、伯爵の居城であるヴァーチュダー城に帰って来たら、そのまま伯爵の執務室に通された。てっきり、報告が既に届いていて、すぐさま望む結果が得られると思ったのにいいいいいい！

でも！　私は諦《あきら》めない！

「だって！　ペイロンヒヒですよ⁉　それをソロ……単独で狩ったんですよ⁉　今より奥に行ってもいいでしょおおおおお⁉」

森から広場にペイロンヒヒを持っていったら、周囲からもどよめきが起こったんだよ？　あれを狩れる人間、そういないんだから。

私の必死の言葉にも、伯爵は首を縦に振らない。

「とりあえず、深度五に入る許可はそのうち出してやる。だが、今はダメだ」

「……何でですか？」

じとっと睨《にら》むと、ちょっと伯爵が怯《ひる》んだ。こちらの睨みに怯むくらいなら、とっとと許可……魔物が出る「魔の森」の深度五へ行く許可を出して下さいよ。そのうちって、いつ出すのよ。

でも、伯爵の口から出て来たのは、別の内容だった。

「レラ、お前、いくつになった？」

「へ？　十二歳ですよ？　今度の誕生日で十三ですけど……」

「だよなあ」

今は五月。私の誕生日は再来月の七月の末だ。知ってるくせに、何で今更そんな確認するんだか。

ちなみに、レラというのは私の名前。本当は「タフェリナ・ローレル・レラ・デュバル」と大変長い名前だ。でも、ペイロンでは「レラ」で通っている。

「レラ、お前はデュバル伯爵家の娘だ」

「そーですね」

実感ないけど。ここでずっと育ったので、私の中身はペイロン産と言ってもいいと思う。

ペイロンは、我が国オーゼリア王国の北の果てにある領地だ。東側に魔物が棲息《せいそく》する「魔の森」があり、常に魔物の脅威に脅かされている土地。

そのせいか、領民は誰しも己の戦闘力を磨く事に余念がない。何が言いたいかというと、この領地は戦闘民族の領地という事。つまり脳筋の里だ。

鍛え上げられた筋肉により、魔物を屠《ほふ》る「魔狩り」と呼ばれる人達が多く住む。彼等《ら》の生業《なりわい》は、魔の森で魔物を狩り、その素材を売却する事。私が散々伯爵に泣きついていたのは、この魔の森に関する事だ。

魔の森は入り口を深度一として、奥へ進むにつれ二、三と深度が上がっていく。今の私は深度四までしか入れず、森のより深い場所、深度五に入るには伯爵の許可がいるのだ。

だから、ペイロンヒヒを単独で倒してきたのに。あれは複数人で倒しても、深度五へ入る許可がもらえる魔物だから。

なのに、伯爵ってば……。

「伯爵家の娘である以上、十三になったら王都の貴族学院に入らなくてはならない」

「……何です？　それ」

おいしいの？

「オーゼリアの貴族子女が通う学院だ。余程の理由がない限り、入学辞退は認められていない。うちの跡継ぎであるルイも、通っていただろう？」

おいしくなさそうだ。伯爵の言っているルイ……ルイ兄は伯爵の養子で、私にとっては兄のような人。今は他領でこのペイロンを継ぐ勉強をしている。ペイロンって、魔物に関する情報は豊富にあるけれど、領地経営とかからっきしだからね。

そのルイ兄も通った学院か……そういえば、あの人夏場に帰ってくるだけで、いつも王都に行ってたっけな。あれも、ルイ兄が学院に入学したからだったんだ。

「じゃあ、余程の理由を作りましょう。魔の森での狩りに忙しいので、辞退します」

「にしても、貴族の子は全員？　うえー。何か嫌な事が起こる予感しかないんですけどー。

「レラ。ここでその冗談は通じないぞ」

今度は私が伯爵に睨まれちゃった。冗談のつもり、なかったんだけどなあ。

「ここに、入学許可証も届いている。お前の現住所をこちらにしておいて、本当によかったよ」

余計な事を。でもまあ、伯爵にこう言われちゃあ、しょうがないかー。

私は、王都で生まれた。実家はデュバル伯爵家。領地はペイロンの西隣にあり、魔物の素材加工が有名な土地らしい。

そんな私が何故《なぜ》ここにいるかっていうと、三歳の時に高熱を出して回復した後、ペイロンに捨てられてこっちで育てられたから。

病み上がりの幼児を、早馬で送ったんだよ？　馬車でなく。もの凄《すご》く飛ばしていたのは、うっすらと覚えてるわ。何回も吐いたりして苦しかった事も、記憶として残ってるし。

それ以来、実家は何も言ってこない。生存確認すらしてこないんだから、死んだものとして扱われてるんじゃないかな。

私が実家から捨てられた理由は、何も熱を出したからではない。高熱を出した結果、いきなり髪と瞳の色が変わったから……だそうだ。

熱を出す前までは、栗《くり》色の髪に焦げ茶の瞳だったんだって。で、熱が引いた途端、銀髪に濃い青の瞳に変わってた……って事らしいよ。

これ、貴族の家の子には希《まれ》に出る現象で、「色変わり」って言うんだって。急激に魔力が増えると、髪や瞳の色が変化するそうな。

で、いきなり色味が変わった娘を、実母も実父も受け入れられず、魔力が増えたのならそれを扱える場所に送ってしまえ、という事になったらしい。

ペイロンは、その頃既に魔法による魔物討伐の効率を上げる為《ため》、魔法研究所を領内に設立、魔法と魔力の研究に関しては他の追随を許さない存在だった。

それと、実父とペイロンの伯爵って、遠いけど縁戚《えんせき》らしいよ。どうせなら、伯爵のところの子供に生まれたかったわ。

伯爵はいきなり届けられた幼子に驚いたものの、温かく迎えてくれた。さっきも言っていたけれど、私の住所変更やら何やらの手続きもきちんとしてくれている。

まあ、そのせいで学院に通う事になったんですけどー。

「不満そうだな」

「当然だと思いますー」

現在、私は伯爵と二人で馬車に揺られている。ペイロンで毎年八月に開かれる狩猟祭が終わってすぐ、ペイロンを出立した。ぐずる私を力ずくで馬車に放り込んだんだよ？　酷《ひど》くない？

伯爵は、保護者として学院まで送り届けるんだって。ご苦労なこってす。


私には、誰にも言っていない秘密がある。生まれる前の記憶……前世の記憶があるのだ。私は、日本という小さな島国で、普通に生活をしている女性だった。

今となっては、もう向こうでの名前も覚えていないのだけど、それでも便利な世界だった事は覚えている。とはいえ、こっちでも魔法を使えば、それなりに便利に生きていけるって、わかったけどさ。

何せ私、魔力量だけは自信があるから。色変わりなんて起こす程度には、魔力量が増えたからね。今までにも、研究所を巻き込んで新しい術式やこれまでになかった魔道具なんかも発明しました！

あ、魔道具っていうのは、魔法を封じ込めた各種道具の事。電力じゃなくて魔力で動くけど、前世の電化製品に近いと思う。

後、前世の記憶があるおかげで、捨てられても元気に健康に成長出来たってところもあるよ。前世では、家族仲は普通によかったんだ。向こうのお父さんお母さん、ありがとう。あなた達が愛情一杯に前世の私を育ててくれたおかげで、今の私がいます。

ちょっと前世の記憶に思いを馳《は》せていたら、いきなり馬車が跳ねた。

「おっと」

「痛！」

座席から、腰にダイレクトに響く衝撃。うう、お尻《しり》が痛い。これだから、馬車の移動は嫌いなんだよ。

こっちの世界の馬車って、地面からの震動をダイレクトに伝えてくるんだよね。サスペンションとか、ないのかな。いっそ研究所を巻き込んで、作るのもありかも？

「この辺りの街道も、そろそろ手入れをする頃だなあ」

「街道って、大抵のところは王宮管轄でしたっけ」

だから、地方領主が勝手に街道に手を入れちゃいけないのよ。王宮に「この辺りの街道が傷んでいるので、手入れをお願いします」って頼むのがせいぜい。

でも、そういうのがあちこちからたくさんくるから、当然王宮としても優先順位を付けて手入れをしていく事になるそうだ。

幸い、ペイロンは上にお願いすれば、割と早めに対処してもらえる。優先順位の高い領地って事だね。

馬車かあ。街道はいいけれど、もっと楽に素早く移動出来る手段、欲しいよねえ。

「レラは久々の王都だよな？　楽しみだろう」

おっと、考えに耽《ふけ》っていたら、伯爵から声が掛かった。

「いや、思い入れなんて、これっぽっちもありませんから」

何せ、三歳までしかいなかった場所だもん。しかも、前世の記憶を取り戻したせいか、それまでの記憶が殆《ほとん》ど飛んでるし。

馬車の窓から差し込む日の光で、手元の入学許可証を見る。開けられた封筒の中には、厚手の紙に「タフェリナ・デュバルの入学を許可する」と書いてあった。

他には、学院名や人の名前。多分学院長とか副学院長かな？

「学院にはアスプザットの兄妹《きょうだい》も通ってるんだ。しばらくは一緒に過ごせるんじゃないか？」

「え？　本当ですか⁉」

「もちろん。あの三人も、貴族の子女だからな。もっとも、長男のヴィル……ウィンヴィルは今年の六月に卒業したけれど」

ヴィル様はいないけれど、次男のロクスサッド様……ロクス様と、長女のコーネシア……コーニーは一緒にいられるんだ！

ロクス様は私の二つ上、コーニーは一つ上。学院は六年間だっていうから、コーニーとは五年は一緒に通えるね！

三人は、ペイロンの南東に位置するアスプザット侯爵家の兄妹。伯爵の妹に当たるヴィルセオシラ様……シーラ様が嫁いだ家で、三兄妹はシーラ様の子供達だ。

シーラ様は、私がペイロンに捨てられた時から何くれとなく面倒を見てくれた方。私にとっては、実母よりも母な人なんだ。

そのシーラ様は、三人の子供達を連れてよくペイロン伯爵領に来ていたから、兄妹達とは自然と付き合いがある。いわゆる、幼馴染《おさなな》《じ》みってやつだね。

ヴィル様は豪放、ロクス様は腹黒、コーニーは上二人を口でやり負かす気の強い子だ。三人共母親に似て大変顔立ちが整っている。母譲りの黒髪と、父譲りの緑の瞳《ひとみ》。コーニーは巻き髪も母であるシーラ様に似てる。

そして、当然三人共とても強い。ヴィル様は剣を使った物理攻撃の方が得意で、ロクス様は剣に魔法を纏《まと》わせるのが得意、コーニーは上二人にならって魔法も剣も体術も得意な最強女子。シーラ様からペイロンの血を引いてるから、当然か。

ちなみに、私は体術や剣ではコーニーに勝てた例《ため》しなし。魔法なら、負けないんだけどね。同性という事もあって、私は彼女と一番仲がいい。そのコーニーが、先に学院に入っているというのは心強かった。

「ちょっと王都に着くのが楽しみになってきました」

「そうかそうか」

伯爵が嬉《うれ》しそう。そんなに、私を学院に入れたかったのかな。……入れたかったんだろうな。余程の理由がなければ辞退不可って事は、大抵の坊ちゃん嬢ちゃんは入るって事だもの。

普通の貴族令嬢としての生活をしてほしいんだと思う。わかってはいるんだ。でもね、伯爵。世の中には出来る事と出来ない事があるんです。私には、普通のお嬢様としての生活は無理。

それでも伯爵に迷惑掛けたくないから、おとなしく学院には通うよ。

ペイロンとアスプザット。どちらの家にも、私は大恩がある。彼等がいてくれたから、今の私があると言っても過言じゃないから。

私の出来る範囲で、いつか両家に恩返しがしたい。いつかと言わず、隙があったらせっせとやっていこう。

それから、いつかこの世界のあちこちを巡ってみたいなあ。前世でも、海外旅行なんて夢のまた夢だったんだ。英語すらろくに話せない人間に、海外はきついから……。

でも‼　今の私には魔法がある！　私の魔力量は人の数十倍あるそうだから、きっと何とかなるよ。言語の自動翻訳とかさ。魔法があれば、きっと難問も解決出来る！

とりあえず、目の前の貴族学院入学が今一番の難問だけどなー。

ラノベとかでは、よくお嬢様同士の嫌がらせとかあるけれど、大丈夫だろうか。何せ北の果てのペイロン出身だ。田舎者よとバカにされるかも。

……反撃しちゃ、ダメかな？　物理と魔法で。痕跡《こんせき》を残さなければ、いけるんじゃね？

「レラ、何考えてるんだ？　悪い顔になってるぞ」

伯爵、どうしてこういう時だけ鋭いの？

ペイロン伯爵領から王都までの旅に、今回は馬車で一月近くかかった。通常なら十日程度で行けるのに、約三倍の日数だ。何でこれだけかかったかというと、途中にある領地を回っていたから。伯爵、滅多にペイロンの外に出ないから、こうして外に出る時にはあちこちに挨拶《あいさつ》に向かわなきゃいけないいんだって。

ただ寄って挨拶……だけでは終わらず、やれ昼食会だ晩餐《ばんさん》会だ遅くなったから泊まっていけとなり、あっちで宿泊こっちで宿泊しているから、この日数……馬で早駆けすれば、二、三日で到着するのにね。とはいえ、それって馬を乗《の》り潰《つぶ》す事になるから、緊急事態でもない限りやらないそうだけど。

そういえば、私が王都から追放を食らった時って、まさしくこの早駆けだったよなあ。そうか、私を王都の家から追い出すのって、そんなに緊急な事態だったのかあ。

そんな事を考えてしまうのは、揺れる馬車で疲労が溜《た》まってるからかも。まあ、ちょこちょこ息抜きはしてたし、乗馬は出来るので人気《ひとけ》のない場所では護衛騎士の馬に乗せてもらってたけど。

そんな旅程を経て、とうとう王都の手前までやってきました。そして、ただ今の私の機嫌は底辺を這《は》っております。

「レラ、いい加減機嫌直せって」

「不機嫌にもなりますよ。いきなりこんなの着せられたんだから」

私が不機嫌なのは、着慣れないドレスを着ているせい。ペイロン伯爵領では普段、魔の森に入る時の格好で過ごしていたから、コルセットでギチギチに締め上げるドレスは苦しくて仕方ない。

　このドレス、今朝出立した宿で着替えさせられたもの。濃い茶色の旅行用ドレスで、スカート丈がくるぶしより少し短くなっている。フリルやレースも少なめの、実用的なデザインだ。

「てかこんなの、いつの間に仕立てたんですか？」

「ああ、シーラが必要になるって言って、今年の初夏に仕立てさせたんだよ」

「シーラ様の裏切り者ー」

　あの人も、ペイロン伯爵領にいる間はほぼ男装なのにな。ご本人が妖艶《ようえん》な美女だから、男装してもお色気ムンムンで、周囲を悩殺しまくってたっけ。

　本当、あの美人と目の前の四角い人が兄妹って、今でも信じられないわ。

　そのシーラ様が、私に黙ってドレスを仕立てていたなんて……。

「あいつもお前に知られると嫌がられるってわかっていたから、黙っていたんだろうよ。実際、なきゃ困っただろうが」

「う……それを言われると……」

　王都に着いたら、まず最初に学院に挨拶に行く事が決まっている。入学式にはまだ間があるんだけれど、その前に寮とかを確認しないといけないそうだから。

　さすがに王都にある貴族学院に行くのに、いつもの軽装でって訳にはいかないのは私もわかってる。わかってるんだけど！

　馬車は順調に街道を進み、やがて王都に入った。

「ここが王都……」

石造りの、堅固な城塞《じょうさい》都市、という感じ。ゲームの背景に出て来そう。

周囲を高い壁に囲まれた王都は、石材で舗装された綺麗《きれい》な道が通っている。大きな通りに面した建物は、四階建てで統一されていた。

馬車の窓から外を眺める私に、伯爵が聞いてきた。

「覚えていないか？」

「ええ、まったく」

初めて家の敷地から出たのが、追い出された日だったんだよねえ。年齢考えれば、そんなもん？何せ私、その時三歳児でしたしー。

あ、そういえば。

「伯爵、デュバル家に行かなくてもいいって、本当ですか？」

「本当だ。俺は正式なお前の後見人だからな。クイネヴァン……お前の父親がごねたけれど、ここだけは押し通した」

よかったー。追い出された家になんて、行きたくもない。

ペイロン伯爵家はほぼ領地から出ない家なので、王都に邸は構えていないらしい。王都に滞在する時は、アスプザット侯爵家の王都邸か、王宮に滞在するんだって。

ペイロンは、オーゼリア王国でなくてはならない家だからね。魔の森の押さえをしているというのもあるけれど、魔物素材の売り上げから支払われる税金の額も、相当らしいよ。

今回はアスプザット侯爵家の王都邸にお邪魔するんですって。

「という訳で、レラの滞在先もそこだ」

「はーい」

王都邸に行くのは初めてだけれど、使用人教育は徹底している家だから安心だね。侯爵夫人の兄とその養い子を、粗雑に扱うような事はないと思う。

王都の北門から入った馬車は、大通りをそのまま南に進んだ。大きな十字路にさしかかった時、東に向かう道の突き当たりに一際大きな建物が見えた。あれが、王宮なんだって。

「王都はあの王宮の場所が先に決められたんだよ。で、周囲を区画整理して貴族の屋敷を建て、その反対側に庶民の暮らす場所が造られた」

最初から計画的に街をデザインしてるのかー。だから道がまっすぐなんだな。

「王都は建物が綺麗《きれい》に並んでいるから、逆に迷いやすいぞ。気を付けろよ」

「はーい」

殊勝な返事だけで、伯爵の言葉は聞き流した。はっはっは、迷うだなんてそんなバカな。私、これでも魔の森ですら迷った事はないのですよ。方向感覚には自信があります。

大通りの両脇には、建物がびっしりと並んでいる。その通りと直角に交わる道が、何本も横に延びていて……。

これ、碁盤目状だ。ああいうのって、東洋風だと思っていたのに、異世界で見る事になるとは。

よもや私以外にも転生者がいた⁉　……まあ、おかしくないか。ペイロンも通称「脳筋の里」って言われてるし。

絶対昔にいたよね？　日本からの転生者。

馬車はそのまま、王都を南に向けて走る。このままだと南門から出ちゃうんじゃないの？　そう思ったけれど、門のすぐ手前で東へ進路変更した。

そのまましばらく走ったら、右手……壁がある方に何やら長い鉄製の柵《さく》が見えてくる。もしかして、これが学院？

ふいに、馬車が停《と》まった。

「さて、学院の正門に着いたぞ。ここからは歩きだ」

「そうなんですね」

とうとう着いちゃったよ、学院。目の前には、やはり鉄製の大きくて立派な門がある。正門だそうだ。でも、閉まってますよ？

「こっちだよ」

伯爵は、正門の脇にある通用門を開けて中に入っていった。勝手に開けて入っていいんだ……。

正門から続く石畳の小道はよく整備されていて、両脇に花壇が広がっている。綺麗だね。

正門を入ってすぐに見えてくる建物に入り、受付で伯爵が何やら話している。

「では、学院長は留守か……」

「大変申し訳ございません。王宮からの急な呼び出しでして」

「そうか。いや、わかった。悪いが、女子寮を彼女に見せてやりたいのだが、構わないかね？」

「もちろんです。案内を付けましょうか？」

「いや、場所だけならわかるからいらんよ。中に入らなければ、問題はないか？」

「ええ、もちろんです」

そんなやり取りを終えて、伯爵が私のところに戻ってきた。

「残念ながら、学院長は留守のようだ。お前の事を頼んでおきたかったんだがなあ」

「大丈夫ですよ、伯爵」

そうそう学院長を巻き込むような事なんて、起きませんから。

なのに、伯爵ったら。

「……お前がそう言う時は、大抵大丈夫じゃない時だ」

酷くね？


女子寮の外観を見て、学院での予定は終了。このままアスプザットの王都邸に向かうそうだ。

女子寮はレンガ造りの建物で、なかなか綺麗だ。古い建物らしく、壁には蔦《つた》が這っている。あそこで六年、過ごすのかー。中を見られなかったのは、ちょっと残念かな。

正門に戻り、待たせてあった馬車に再び乗る。学院の前を出発した馬車は、そのまま壁沿いに東へ向かい、少し行ってから北へ進路を変える。

そこからさらに進み、突き当たりに王宮があった大きな通りに出てから再び東へと向かう。

侯爵邸は、王宮のちょっと手前の大通り沿いにあった。

「さすが侯爵家。王宮がもうすぐそこですねー」

「アスプザット家は、古くからの家系だしな」

ペイロン家も、そこそこ古い家系のはずなのにねー。だからこそ、シーラ様がアスプザット家にお嫁に行ったんだし。

お屋敷は街中の建物らしいデザインで、周囲の景観にも溶け込んでいる。いやー、いいねえこういうの。前世ではテレビでしか見た事ないけど。

馬車が停まったと同時に、玄関の扉が開いた。使用人がお出迎えしてくれるとか？

「伯父様！　レラ！　ようこそ王都へ！」

違った。コーニーがお出迎えしてくれたよ。背後には、彼女の兄であるヴィル様とロクス様の姿も。

コーニーは綺麗な黒の巻き髪を揺らしながら、満面の笑みで駆け寄ってくる。相変わらず美人だなあ。

「今年の夏は来なかったから、一年ぶりか？　元気そうで何よりだ、コーニー」

「あら、私ももう学院に通う淑女でしてよ？　そうそう脳筋の里に遊びに行くものではないわ」

「そ、そうか」

可愛《かわい》がっている姪《めい》にすげなくされて、ちょっと伯爵がしおれてる。コーニー、わかっててやってるな？　小悪魔め。

　彼女は笑顔でこちらに向き直る。

「久しぶりね！　レラ。元気だった？」

「うん、すっごく。でも、このドレスのせいでちょっと疲れてる」

「早く慣れなさいな。王都でペイロンのような軽装をしていたら、あっという間に捕まって牢屋《ろうや》に入れられてしまうわよ？」

「そうなの⁉」

　たかが軽装でいた程度で捕まるとは、王都とはなんと恐ろしい場所なんだ。やっぱり来るんじゃなかった。

　そう思っていたら、コーニーの背後から笑い声が聞こえる。

「嘘《うそ》だぞ、レラ。コーニー、レラは単純なんだから、欺《だま》すんじゃない。すぐ信じるだろうが」

「え？　嘘なんですか？　ヴィル様」

「僕達の妹は、可愛がっている相手の事はいじめる悪い女だからね」

「あー、わかります、ロクス様」

　ヴィル様は今年学院を卒業されたって伯爵が言っていたっけ。十八歳の彼は、ストレートの長い黒髪を背中で緩くまとめている。長めの前髪は、邪魔じゃないのかな。

　紳士用の服をしっかり着こなしている今はそう見えないけれど、この人脱いだら凄《すご》いんです。筋肉で。魔法も使いこなすけど、大剣で大型の魔物を一掃する姿は、ペイロンでも尊敬のまなざしで見られる程。

次男のロクス様は、コーニーほどじゃないけど癖毛。それを少し長めに整えている。彼は細身の剣を使うけど、魔法で強化するからこちらも強い。そして、攻撃にも魔法を使う人。

後、徹底して魔物の特性を調べ上げ、適した追い込み方で魔物を狩る。一番敵に回したくない人でーす。腹黒だし。

一度、ペイロンで不正に魔物を出荷しようとした一団がいたんだけど、ロクス様が罠《わな》を張って一網打尽にしたんだよね。怖い怖い。

紅一点のコーニーも、魔法と物理攻撃で森の魔物を狩る。彼女が好んで狩るのは、素材でアクセサリーが作れるもの。骨とか牙《きば》から、綺麗な素材が取れたりするんだ。

他にも、魔物素材から化粧品が作れないかって研究所と一緒に調べている。実際、口紅とアイシャドーで商品販売までいったものもあるし。

玄関先で兄二人に酷評されたコーニーは、頬をぷくっとふくらませた。

「まあ、ヴィル兄様、すぐに嘘だと教えてしまっては、楽しめないではありませんか。ロクス兄様も、私は悪女ではなくってよ」

「お前は私達にとっては可愛い妹だよ。それは変わらない。なあ、ロクス」

「そうですねえ。でも、レラを欺すのはやっぱりよくないよ」

なんだかんだで、仲がいいんだよね、ここの兄妹は。

侯爵夫妻は不在だそうで、代理でヴィル様が対応している。今は伯爵と、何やら小難しい事を話しているよ。どうやら私の王都での後見役を、一旦《いったん》アスプザット侯爵家に移すんだって。

居間で話している二人とは少し離れて、私はロクス様とコーニーといる。

それにしても、少し見ない間にヴィル様ってば落ち着いたなあ。ほんの少し前まで、魔の森で勝手気ままな行動ばかりしていたのが嘘みたい。

にしても、なんか気になるワードが出て来てるんですけどー？

「俺は基本、領地を離れられん。王都でのレラの事、くれぐれも頼んだぞ」

「承知していますよ。両親からも言われていますし。学院にはロクスもコーニーもいるから、心配いらないと思いますが」

「心強いばかりだよ。……向こうの娘の情報は、何か聞いてるか？」

「金を積んで、許可証をもぎ取ったというところまでは」

「学院長からか？」

「いえ、特例扱いで副学院長にねじ込んだと聞いています」

「バカな事を……まあ、一度出した許可証が覆る事はないから、致し方ない。まだ十三歳。社交界にも出ていないのでは、顔もわからんか」

「それらしい娘を連れて、余所《よそ》の茶会や私的な園遊会に出ているそうですよ。ただ、うちの周囲にはさすがに連れてこないようだけど」

「一応同じ派閥、遠縁なんだがな……」

「レラが伯父上のところにいるからでしょうね」

んん？　私の事？

「ちょっとレラ。お兄様達の事はいいから、ペイロンでの事を話してちょうだい。何か、いい魔物は狩れた？」

コーニー、久しぶりの話題がそれとか……まあ、らしいと言えばらしいんだけど。

彼女が言う「いい魔物」とは、アクセサリー素材に出来る魔物の事。彼女の興味は、徹底している。

「魔物は相変わらずだけど、今年はいい糸がよく取れてるよ」

「本当に？　それって……」

「いくつか布にして持ってきてるから、後で渡すね」

「きゃあ！　ありがとう、レラ」

魔物素材の中でも、蜘蛛《くも》型の魔物が吐き出す糸は蜘蛛絹と呼ばれて、王都の貴婦人方にも大人気だ。蜘蛛は人間と契約をし、餌をもらう代わりに糸を生み出す。言ってみれば、Ｗｉｎ－Ｗｉｎの関係ですな。

私も一匹飼っている。名前はアル……アルビオン。真っ白い体に青い瞳《ひとみ》の変異種だ。白い蜘蛛《くも》は生存能力が低く、人に頼らないと生きていけない子なので契約しやすい。赤い目の子が通常で、それ以外は変異種になり、白い蜘蛛の中でもさらに弱い子達なんだって。

そして、変異種の蜘蛛の糸は、最上級の蜘蛛絹と呼ばれる。今回持ってきた蜘蛛絹も、アルの糸から織られた最上級品だ。王都で暮らすコーニーのお眼鏡にもかなうでしょ。

その他にも、今年の夏に討伐された魔物の中で、どれが一番多かったとか、どれが一番大型だったとか、誰が討伐したかなどを話していく。

「後、今年は真珠の出来がいいね」

「そうなの？　持ってきてくれた？」

「もちろん。そのままで持ってきてるから、後でブレスレットなりネックレスなりに加工するといいよ」

魔の森の深度四では、真珠が取れる。信じられないよね？　森で真珠が取れるなんて。しかも、今年の真珠は小粒だけれど色味と形がいいのばかりだったんだよー。

コーニーに現物を見せたところ、大変喜ばれました。


王都に着いて二日目。到着翌日は、さすがの私でも疲労が溜《た》まっていたらしく、一日寝て過ごしましたよ。

そして今日、私は一人で王都の散策に来ております。街歩き用に作ってもらった可愛いワンピースを着て、帽子を被《かぶ》って。この程度の軽装だと、コルセットがいらないから楽ー。

それはともかく、意気揚々と侯爵邸を出たのに、現在どこかの街角で途方に暮れております。

ここ、どこー⁉

ほんの数時間前の自分をぶん殴りたい。コーニーに「王都に一人で出て大丈夫？」って心配されたのに、平気平気大丈夫大丈夫なんて言った自分を！

今！　見事に！　迷子になってます‼　私の自慢の方向感覚、どこ行った⁉

いや、魔法を使えば簡単に居場所がわかるんだけどさ、王都に来てコーニーに最初に注意されたのが「王都では許可を受けないと魔法を使ってはいけない」だったんだ。

何でも、王都のあちこちに魔法を感知するセンサーが仕込まれていて、許可を受けた魔法以外はすぐにとっ捕まるんだって。

そのセンサー、作ったのペイロン領にある魔法研究所だよ！　しかもアイデア出したの私だよ！

まさかこんなところで、自分が作った道具に苦しめられるとは！

「どうしよう……」

壁を越えていないから、王都から出ていないってのだけはわかる。後、大きな建物が多いから、多分王宮からそう離れていない場所だって事も。

アスプザット侯爵家は王宮のすぐ近くにあるから、王宮への大通りに出られれば帰れるんだけど。

でも、ここから大通りへ出るのが難しい。

「おかしい……何で大通りに出られないのよ……」

まっすぐ進めばいいだけのはずなのに。前を向いても後ろを向いても、同じような景色が続くせいで、大通りに近づいているのか離れているのか判断出来ない。

それに、さすがに街中を歩きすぎて、疲れてきた。今はいてる靴は、ペイロン領で使っていたのとは違い、大変華奢《きゃしゃ》なデザインのもの。

当然靴底も薄くて、石畳からの衝撃がダイレクトに響きます。いや、お嬢様用の靴って、歩く事を想定して作られてないから。

「余所様の邸宅の脇だけど、ちょっとお借りしよう……」

壁に寄りかかり、少しだけ出っ張ったところに座るようにしてしばし休憩。

見上げた先には、厳めしい感じの建物。一区画同じ壁が続いてるって事は、かなり大きな建物って事だ。何だろう？

「そこで何をしている？」

「ほえぁあ？」

い、いきなり耳元で声がしたんだけど⁉　慌てて振り向いたら、随分と見た目のいい男性が二人立っている。あれだ、イケメンって奴《やつ》だ。

一人は黒に銀の刺繍《ししゅう》が入った軍服っぽい服にマント、日に輝く金色の髪はさらさらで、ちょっと長目の前髪が妙に色っぽい。あ、瞳は空色だ。

もう一人は癖のある黒髪に、琥珀《こはく》の瞳。こっちの人の服は白に金の刺繍が入ってる。

どっちも背、高いなあ。コーニーに言わせると、私も女子の中では高い方らしいけれど。ただ、これまでは周囲に同年代の女の子が少なくて、比較対象がいなかったんだよね……。

黒服のイケメンは、じっとこちらを見ている。見ているというか、驚いている？　何で？

何故か驚いて固まる黒服イケメンの脇から、白服イケメンが声を掛けてきた。

「お嬢さん、こんなところで誰かを待っているのかな？　場合によっては、見逃す訳にはいかないんだけど」

それ、どういう意味？　誰かを待っていたら、見逃さないって事？　訳わからん。

「歩き疲れたので休んでいたんです。あの、ここどこら辺ですか？」

「知らないのか？」

今度は二人の声が重なった。黒服イケメン、さっきまで固まっていたのに。

それにしても、そんなに驚かれるような事？　王都にいる人なら、誰でも知ってる場所とか？

ああ、こんなところにも田舎者の弊害が……。

「私、王都には出て来たばかりでして。大通りはどちらでしょう？」

「大通りなら、この道をまっすぐ行けば出られるよ？」

白服イケメンが、これまで歩いて来た方向を指差す。どうやら、逆方向に歩いていたらしい。もう、これだから人工物だらけの街は嫌いだよ。森なら迷わないのにさー。

「あっちですね、ありがとうございました」

少しだけでも休んで、気力が回復してきたらしい。大通りまで出てしまえば、侯爵邸はすぐに見つかるはずだ。

二人の脇を通りすぎ……ようと思ったら、いきなり腕を掴《つか》まれた。

「え？」

黒服イケメンが、無言で私の腕を掴んでいる。……何で？

「おいおいユーイン、女の子の腕、いきなり掴んじゃダメでしょー？　ほら、放した放した」

白服イケメンが軽い調子で黒服イケメンの腕を叩《たた》いているけれど、私の腕を掴むのをやめない。

これ、どういう状況？

「あの……」

「ああ、悪いね！　こいつ、いつもはこんな事ないのに。ほら！　さっさと手を放す！」

あ、白服イケメン、今度は黒服イケメンの頭を叩いたよ。

「何をする」

「不機嫌になってんじゃねえよ。お前が悪いの！」

「何が悪い？」

「いつまでも余所の女の子の手なんて掴んでんじゃありませんー！」

「……ああ」

ああって。さも今気付いたような素振りで……え？　本当に今、気付いたの？　今まで、無意識で私の腕、掴んでたとか？

やだ、本当にこれどういう状況？

ただいま、私は馬に乗せられています。女子らしく、横乗りで。スカートでなければ、普通に馬には乗れるのにー。

あの後、迷惑を掛けたお詫《わ》びだと言われ、二人に馬で送られている最中なのだ。一人で平気だと言ったんだけどね……。

『女性を一人、歩きで帰したとあっては、騎士の名折れ』とかなんとか言われまして。

私を乗せたのは、黒服イケメン。その隣を、白服イケメンが同じく馬に乗っている。何で、二人で送るんだろう？

「いやあ、それにしても、君が『あの』ウィンヴィル・アスプザットの知り合いとはねえ」

白服イケメン、今ヴィル様の名前を言う前に「あの」って言葉を強調したな？　どういう関係？

「あ、俺もそこの無愛想男も、彼とは学院で同じ学年だったんだよ」

なんと、同学年か！　ならヴィル様を知っているのも当然だね。目立っただろうなあ、学院生時代のヴィル様。

「にしても、あいつに妹さんがいるのは知ってるけどさ、髪の色が違うよね？　君、あいつとどういう関係？」

はて、改めて言われると、困るね。幼馴染《おさなな》み？　遠縁？　どう言えばいいの？

困った結果、事実だけを述べておいた。

「……ペイロン伯爵に縁がありまして」

「ああ、彼の母方の伯父ね」

よかった、これで通じるのか。

「そっかー。いやあ、あいつの妹さんでなくてよかったよー。そっちに手を出した、なんて事になったら、ウィンヴィル・アスプザットに殺されるから」

わあ。この白服イケメン、コーニーに手を出すつもり？　命知らずだなあ。あ、でもヴィル様が怖いから出さないのか。

わかってないなあ。下手にコーニーに手を出したら、ヴィル様の前に本人に八つ裂きにされるのに。

「彼女には、会った事があるんですか？」

「遠目にだけどね。いや、美少女ってああいうのを言うんだね！　あ、君も凄《すご》く綺麗《きれい》だけど」

とってつけたように言うなあ。そして、白服イケメンはチャラ男らしい。これからはチャラ男と呼ぼうっと。

にしても、時間がかかるね。馬だからすぐだと思ったのに。私、そんなに長い距離を歩いたのかな……。

「どうかした？　きょろきょろ見回して。あ、王都が珍しいとか？　遠回りした甲斐《かい》があったな、ユーイン」

「はい!?」

チャラ男よ、今なんと？　遠回り？　そんなのしなくていいから、まっすぐアスプザット邸に向かってえええええ！

馬上で騒いだせいか、そこからは最短距離でアスプザット邸に向かってくれた。いや、こんだけ早く着くなら、最初からそうして下さいよ……送ってもらった身で文句は言えないけど。

王都邸に到着すると、チャラ男が馬から下りて呼び鈴を押した。私は黒服と一緒にまだ馬上です。

あれ……下りていいんじゃないの？

呼び鈴に反応して玄関に出て来たのは、白いおひげがチャームポイントの執事ヨフスさん。

「やあ、私は白嶺《はくれい》騎士団の者だ。こちらに縁《ゆかり》のお嬢さんが王都で迷子になっていたから、送ってきたよ」

チャラ男の笑顔に、ヨフスさんが一瞬固まる。ええ、いい年して迷子になるなんてね……。

でも、さすがアスプザット王都邸を仕切る執事。すぐに復活した。

「さようでございましたか。お嬢様をお送りいただき、ありがとうございます。さ、お前達、お嬢様を下ろして差し上げなさい」

彼と一緒に出てきた従僕の二人が、私を馬の上から下ろしてくれようとしたんだけど、何故か黒服が拒んでる。

内心首を傾《かし》げていたら、本人が下りてから私を下ろしてくれましたよ。最後まで面倒見たかったんだね。ありがとうございます。

下ろしてくれたのに、まだ手を握ったままなのは何故？　はてなと思って相手を見上げたら、こちらをじっと見ていた。

何か、変な事をしたかな？

「そちらは黒耀《こくよう》騎士団の方ですね。主《あるじ》は不在でございますが、若君がご在宅ですので、中へどうぞ」

おおう、見たまんま、黒騎士と白騎士だったんだ……。

「いや、いい。では、しかと送り届けた」

ヨフスさんにそう言うと、黒服……いや、黒騎士はまた私に向き直った。

「それでは、また」

「お、送っていただき、ありがとうございました」

また？　今、この黒騎士「また」って言った？　いや、もう王都で迷子になる予定はないんですが。やだよ、そんなに何度も迷うなんて……ないよね？

黒騎士は颯爽《さっそう》と馬に乗り、チャラ男と共に通りの向こうへと消えていく。はあ、何だか疲れる街歩きになっちゃった。

まーいっかーと思っていたら、ヨフスさんがにっこりと微笑《ほほえ》む。

「改めて、お帰りなさいませお嬢様。お帰りが遅れておりましたので、心配しておりました。先程から、伯爵様がお待ちでございます」

うひい！　伯爵の説教だー。

逃げたかったけど、ここで逃げると後が怖いのは知ってる。結局、おとなしく出頭して伯爵から大きな雷を落とされる羽目になりましたとさ。


やっと伯爵の説教から解放されて、ただいまコーニーと一緒に夕飯前の軽いお茶の時間。本当にお茶を飲むだけで、茶菓子はなし。食べたら夕飯、入らなくなるもんね。

そこで、出かけてから何があったかを洗いざらい彼女に話す事になりました。

「という事がありまして」

「もう、だから一人で大丈夫かって聞いたじゃない。王都はペイロンの魔の森とはまた違う危険が一杯なのよ？」

本当にね。考えが甘かったたって反省してるよ。それにしても、王都怖い。こんな簡単に迷うなんて。ちょっとお外に出るのが嫌になりそう。もっとも、しばらく一人での外出は禁じられたけど。

そんな私に構わず、コーニーはカップを手に何かを思い出していた。

「でも、黒い騎士服で金髪のいい男ねえ……多分、フェゾガン侯爵家のユーイン様だと思うわ。彼と親しく話していたっていう白い騎士服は、ネドン家のイエル様ね。あちらは伯爵家。どちらもヴィル兄様とは同学年で、今年卒業されたばかりだわ」

そういや、チャラ男は黒騎士をそんな名前で呼んでいたっけね。

にしても。

「侯爵家の人なんだ。そんな家の人が、騎士団に入るの？　あ、近衛《このえ》とか？」

「近衛は金獅子《きんじし》騎士団よ。制服は赤地に金の刺繍や飾りが入る派手なものだから、一目でわかるわ」

「近衛が、そんな派手な格好をするの？」

「目立つ事も、犯罪抑止になるんですって。それに、近衛は王宮勤めが殆《ほとん》どですもの。王侯貴族の前で、質素な格好は侮られるわ」

そうなんだ。騎士団も大変だね。

「じゃあ、黒い騎士服は黒騎士団？　あれ？　違ったような……」

「黒耀騎士団よ。王都とその周辺警備が専門なの。白い騎士服の方は、白嶺騎士団。特に担当の場所はないけど、三つの騎士団に魔法の専門家として参加しているわ」

「三つ？　金と黒と白？」

「白はこの場合数に入らないわよ。残りの一つは王城警備が担当の銀燐《ぎんりん》騎士団。王都で騎士団と名乗るのはこの四つだから、覚えておくといいわ」

全部色が付いてるんだねー。銀燐騎士団は金獅子と職域が重なってるんじゃないかと思ったけれど、金獅子は近衛なので王族守護が仕事なんだってさ。銀燐は、王城なので護《まも》るものが違うそうな。

王都守護が仕事の黒耀騎士団は、警察と軍を混ぜたような感じらしい。何せ王都だし、事件や事故を起こすのも庶民とは限らないんだとか。

「王都での犯罪って、庶民のみの組織は少ないらしいの。大抵下級貴族、偶《たま》に高位の貴族が関わっていて、隠蔽《いんぺい》するんですって。厄介よねえ」

貴族相手だと、国王から直接権限を委譲されている騎士団でないと対応しきれないんだって。

高位貴族が絡む犯罪は、高額の金銭が動く場合が殆どで、捜査にも気を遣うそう。そのせいか、黒耀騎士団は腕っ節が強くないと入れないらしいけれど、加えてそれなりの身分の者も多いらしい。

んで、白嶺はその三つに魔法士を派遣する、言わば派遣業のような騎士団。同じ騎士団と言っても、それぞれで大分違うんだね。

改めて、王都は怖いところだ。早くペイロンに帰りたいよ、もう。

「ユーイン様がいたって事は、レラは黒耀騎士団の本部まで行ったんじゃないかしら？」

「本部？」

「ええ、灰色の、厳めしい建物よ」

そういえば、目の前にあった建物はそんな感じだったっけ。でも、あの黒騎士ことユーイン氏は、私の背後から現れたんだけど。

「多分、本部に帰る途中でレラを見つけたんじゃない？　王都の子供なら、誰だってあの付近に近寄ろうとはしないもの」

「また子供って」

「未成年なのは本当でしょ？　学院在学中に十五歳になったら、社交界デビューして大人の仲間入りよ。それまで我慢なさい」

「げー」

やだわー、そんな場所に行くなんて。

「レラ、口が悪いわよ！　学院に入学するんだから、少しは直しなさい！」

「へーい」

やる気がないのがバレたのか、コーニーに怒られた。怒ったコーニーも綺麗よ。言ったらまた怒られたんだけど。何故？

でも、そうか。この世界の成人は、十五歳だっけね。

とりあえず、学院入学までペイロン伯爵はアスプザット侯爵邸に留《とど》まる事になったそうな。

「こんなに長く王都にいるのは、久しぶりだなあ」

普段、魔の森の管理の為に、ペイロンから離れる事がないからね。王都に行く事があっても、殆どとんぼ返りだし。

多分、伯爵が入学まで付き合ってくれるのは、私の実家の事があるからだと思う。何せ三歳の幼児を捨てた家だ。その捨てた子供が王都にいると知ったら、何をしでかすかわからない。

我関せずで、無視する場合も考えられるけど。その方が助かるので、ぜひそうして下さい。

「入学許可証が出ている以上、新入生の名簿にレラの名前は載っているから、入学を邪魔する事はないはずだ」

というのが、伯爵達の読みだ。何せ貴族学院の入学を邪魔するって事は、国王陛下にたてつく事と一緒だそうだから。

「あの小心者に、そんな度胸はないだろうけどな。ちょっと気になる事があるんだよ……」

「何です？　気になる事って」

「んー、いや、それはその時になったらな。とにかく、入学式でおかしいぞって事があったら、すぐに報告しろよ？　その為にも、通信機は持っていけ、かさばるけどな」

「了解です！」

伯爵をして、小心者と言わしめる実父。裏でこそこそ動くのがお好きなようで。

第二章　学院には罠《わな》が一杯

そしてとうとう入学式。これまたいつの間にか仕立てられていた制服に身を包み、学院へ。手には大きな茶色の革製鞄《かばん》。中身は通信機。大事なものだから、手荷物にしておいたんだー。

女子の制服は、白のワンピースの上からネイビー地に縦縞《たてじま》模様のワンピースを重ね着して、一段濃い青のショート丈ジャケットを羽織る。足下はロングブーツ。

男子は白シャツ、黒のベスト、ネイビー地に縦縞のズボンに女子のと同じ色のジャケット、革靴。

女子は襟元にリボン、男子はタイを使う。これらの色は、学年で決められたものが使われる。

ちなみに、一年の時は臙脂《えんじ》。これ、持ち上がりではなく一年生の時のみ使う色らしいよ。学年が上がると、別の色のリボンやタイに替えるんだって。

リボンを留めるブローチは、個人で用意する。男子の場合はネクタイピンだね。こういうところに、個人のセンスを出すのだそうだよ。

私の場合は、研究所で開発してもらった新アイテムを組み込んだブローチ。機能は……ふっふっふ、結果が楽しみだ。

入学式の本日、私は髪を一部編み込んで、残りは魔法でセットして流した。いやあ、長く伸ばしてるけど、この髪カールがきつくてさ。

髪の重みで少しはウェーブ部分が伸びるけど、その分セットが面倒でな……でも、王都では下ろした方がいいってコーニーにアドバイスされたから、頑張ってセットしてみた。

今日は入学式とクラス分けと、寮の部屋の確認のみ。本格的な授業は明日からだってさー。

この学院は全寮制だ。下は騎士爵から上は公爵家の子女まで、全員等しく寮生活を送るんだって。しかも、メイドやフットマンは置けないので、基本は自分の事は自分でする方針らしい。

とはいえ、普通のお嬢様がいきなり寮に入れられたら、着替え一つ出来ないんじゃないだろうか？と思っていたら、そこはちゃんとプレ施設のような役割を果たす、修道院があるそうな。大抵二年から三年、そこに入って教育を受ける。

学ぶのは宗教的なあれこれが中心なんだけど、身の回りの事も自分でやるよう躾《しつ》けてくれるそうな。で、そこを出てから学院に入学するのが普通のコースだって。

ここでも、私は普通ではないらしい。修道院なんて、ペイロンにあったっけ……覚えがないや。聖堂があるのは覚えているけど。

脳筋共が修道院に入る事なんてないだろうから、存在すらしていないな、多分。

ちなみに、私は身の回りの事を自分でやる習慣がある。ペイロンではいつ何時何が起こるかわからないから、どこでもやっていけるようにって教育されたんだよね。

なので、そこらのお嬢様よりは生活力、あるつもり。寮生活も、問題はないでしょう。ええ、普通ではないけれど。

入学式が終わり、ホームルームとなる教養クラスを聞いて本日は解散。この後は、寮に行って自分の部屋を確認する事になる。

実は入学前に部屋を確認する予定だったんだけど、待てど暮らせど学院から仕度が調ったって連絡が来なかったんだよね。

家具の搬入程度なら、後でいくらでも出来るからって放置したこっちも悪かったけど、まさか入学まで寮の部屋を知らされないとは。

で、寮の受付で名前を言い、部屋番号を教えてほしいと頼んだら……何故《なぜ》か無愛想な女性が出てきた。

「私が当寮の寮監、クワナ・ルワーズです。あなたが、タフェリナ・デュバルですね？　まったく、伯爵も何を考えていらっしゃるのか……」

「はい？」

「何でもありません。ついてらっしゃい。あなたの部屋は、こちらです」

すげー、感じ悪い寮監だな。

で、ただいま私はあのいけ好かない寮監と共に、私がこれから六年間暮らす寮の部屋に来ている。てか、部屋か？　ここ。

「わーお」

私に与えられたのは、寮の屋根裏部屋でしたー。部屋じゃなくて、物置だよ。

「部屋があるだけ、ましだと思いなさい。庶出の子風情が、どうして入学が許可されたのかしら。許し難いわ」

背後でブツブツ言ってるのは、感じの悪さナンバーワンの寮監、クワナ・ルワーズ教諭。神経質そうな見た目通りの性格だっていうのは、コーニー情報。

ついてこいって言うからついていきたのに、案内されたのはまさかの屋根裏部屋。しかもここ、鍵《かぎ》がないんだってさ。酷《ひど》くね？

それに、埃《ほこり》だらけの空間には、大小様々な品が転がっている。さすが物置。

にしても、さっきこの教諭、気になる事を言っていたよね？　庶出の子がどうとか。

「あの、先程の発言はどういう意味でしょうか？」

一応、私もよそ行きの言葉遣いくらいは出来るのだ。私の問いに、寮監は鼻を鳴らして笑う。

「あら、聞こえていたのね。言った通りの意味ですよ。ここは由緒正しい貴族学院です。本来なら、庶子の立場で入れる学校ではないのですよ」

何を根拠に、私が庶子だと？　……考えられる理由は、ただ一つ。

「つまり、私はデュバル家の庶子だと、そう届が出ているんですね？」

「今更なんです？　さあ！　部屋の掃除も淑女の嗜《たしな》みですよ。掃除道具くらいは貸してあげます。掃除が終わらなければ、今夜は眠れませんからね！」

いやー、参ったね。何かしらしてくるとは思ってたけど、こうくるか。父の愛人の娘と私、立場が入れ替えられてるらしいよ。

という訳で、早速伯爵に連絡だー！　こんな時の為《ため》に、手荷物で通信機を持ち込んだのだよ。据え置き型だから本当は重いけど、重量軽減の魔法をかけてあるから軽い軽い。

屋根裏部屋に積み上げられた木箱の上に通信機を置いて、アスプザットの王都邸に滞在している伯爵を呼び出してもらう。あそこには、常設の通信機があるから。

「もしもし、伯爵ですかー？」

『何があった？』

さすが伯爵。察しがいいなあ。

「寮で、ちょっとありまして」

『わかった。アスプザットから馬車を出す。学院の正門で待ってろ』

「了解でーす」

いやあ、通信機を作っておいてよかったよ。もっとも、外には絶対に流出させるなって厳命されているけれど。その辺りは、管理を委託している研究所に言ってほしいなー。

制服姿のまま鞄を抱えて正門で待っていると、程なくアスプザット侯爵家の紋章が入った馬車がやってきた。御者は……ヴィル様⁉

「待たせたな。乗って」

「え、ええ、はい」

何故ヴィル様が御者？　意味わかんない。御者って、割と社会的地位が低い職業だって聞いてる。それを、侯爵家の嫡男がやってるとか。自動車を運転してきたってのとは、違うんですけど。

マジで、どうしてこうなった？


アスプザット邸に着いて、ヴィル様と一緒に伯爵がいる居間に入ると、コーニーもいた。上級生は、明日から学院が始まるんだっけ。ソファに座って一息吐《つ》く暇もなく、伯爵が聞いてきた。

「じゃあ、何があったのか話してもらおうか」

腕を組んで座る伯爵からは、怒気が溢《あふ》れている。まだ何も話してないのにね。

「寮監に私の部屋だと案内された先が、物置になっている屋根裏部屋でした。後、学院では私が庶出の子って事になっているようです」

先程寮であった事を、包み隠さず話した。あの寮監、はっきり「庶出の子」って言ったもんねー。しかも、随分と庶子を差別しているようで。

それはどうでもいいけれど、個人的感情をこちらにぶつけてくるのはやめてほしいわ。

話し終わったら、伯爵が凄《すご》みのある笑みを浮かべております。子供が夜泣きするレベルで怖い。

「ほほう、そうか。あのクソ男、己の妻が産んだ娘と愛人の子を入れ替えたのか」

「らしいです。どういう届になっているのか知らないけど、少なくともあの寮監は私が庶子だと思っています」

まあ、それでもいいっちゃいいんだけどね。庶子って、家の権利が一切ない代わりに、家に縛られる事もないんだ。

向こうが私を自由にしてくれるっていうのなら、乗っかるのも手のような気がしてきたわ。

でも、伯爵もアスプザット兄妹《きょうだい》もそうは思わないらしい。

「貴族学院への届け出に、虚偽記載があるのは問題だな」

「そうよね。下手をすれば、不敬罪に当たるわ」

ヴィル様とコーニーが、不穏な事を言ってますよ。なのに、二人共笑顔とか、怖いー。

「何かやらかすと思っていたが、こんなバカな事をしでかすとは。終わったな、あの小物」

伯爵は清々《すがすが》しい笑顔だ。私は逆に背筋が寒くなったんですが。


結局、伯爵は夕方近いというのに「ちょっくら王宮行ってくるわ」って言って出て行っちゃった。王宮って、ちょっくら行ってこられるものなの？

残された私達は、ヴィル様の手で学院に送られている最中。今度はちゃんと、御者が馬車を走らせています。

「とりあえず、部屋を変えるようねじ込むか？」

「いいえ、それなら手を加える許可が欲しいです」

物置部屋とはいえ、それなりの広さがあったから。あれ、荷物全部撤去して手を入れれば、快適な部屋になるんじゃなかろうか。

その為のツールは、研究所に頼めば送ってもらえるだろう。

「レラなら、普通の部屋より居心地いい空間を作り出しそうだわ。いっそ、私もそっちに移ろうかしら」

評価してくれるのは嬉《うれ》しいけれど、勝手に部屋移動はよくないよ？　冗談にしてもさあ。

「冗談なんか、言っていないわよ？」

マジで？　ヴィル様も止めてよー。

「学院の寮って、狭くはないいんだが使い勝手は悪いんだよなあ。レラが作る部屋なら、私も過ごしてみたい。コーニーがうらやましいよ」

ダメだこりゃ。まあ、信頼の証《あかし》として受け取っておきましょう。


程なく、学院に到着した。正門を入って前庭の先にあるここは本館で、基本的に教師の為の建屋。職員室やら応接室やら学院長室なんかが集まっている。生徒の為の建屋は教養棟、実習棟、実験棟、音楽堂など。

正門からの道すがら、ヴィル様がこれから行く場所を教えてくれた。

「王宮の方は伯父上が対応してくれるから、こちらは学院の方に揺さぶりを掛ける。今日は入学式があったから、まだ学院長も残ってるだろう」

え……いきなり学院のトップにねじ込みに行くんですか？　さすが侯爵家嫡男ですな。

「ロクスが監督生に選ばれたし、私も務めたからな。卒業したのはついこの間だから、教師陣もまだこちらの顔を覚えているはずだ」

そこで黒い笑みを浮かべないでいただきたい。隣のコーニーも、長兄の言葉に力強く頷《うなず》いているし。

てか、ヴィル様も監督生をやったんだ。兄弟揃《そろ》って優秀ですなあ。

本館の受付で、ヴィル様がここに来た用事を告げる。

「アスプザット侯爵家長男ウィンヴィルだ。我が家に縁のあるデュバル伯爵家長女の件で、至急学院長にお目にかかりたい」

「しょ、少々お待ちを」

受付のお姉さんも、いきなり侯爵家の人間が来たら驚くよね。普通はちゃんとアポ取って来るものだろうし。

つか、アポなしだと会えないんじゃ……。

「こちらにどうぞ。学院長がお会いになります」

会えるんだ……さすが侯爵家ってところ？


通された応接室は、広くもなく狭くもなく。華美な調度品は置いていないけど、よく見ると手の込んだ家具が置かれている。

いわゆる、本物志向の部屋ですな。

「レラ、私がいいと言うまで、何も話すなよ？」

「はい、ヴィル様」

理由はよくわからないけど、ヴィル様に限って私が不利になるような事をするはずがない。なので、素直に従っておく。

座って待ってると、すぐに学院長がやってきた。ってか、入学式の時も思ったけど、若いなあ。長い金髪を首の後ろで一つにまとめ、さらりと流している。片眼鏡も、オシャレな感じ。刺繍《ししゅう》の入ったローブを纏《まと》い、その下には仕立てのよさそうなスーツを着ている。

服の型はちょっと古めだけど、スーツなんだな……そういや、ヴィル様が身につけているのもスーツだよ。三つ揃いってやつ。

「やあ、ウィンヴィル君。卒業式以来だね」

「急な訪問を謝罪します」

「いや、受付から話は聞いたよ。デュバル家の令嬢の件だったね。いくつかは私も聞いているが」

「ご存《ぞん》知《じ》でしたか」

待って。この令嬢って、私の事じゃないよね？　もう一人の子の事よね？　学院長にまで話が届いてるって、一体何をやらかしてるんだ？　向こうの子。

「で？　何かあったのかな？」

「こちらのタフェリナ・ローレル・レラ・デュバル嬢が、寮にて、寮監のルワーズ教諭に、屋根裏部屋に案内されたそうですよ」

「何？」

ヴィル様、わざわざ区切って強調して言ってるよ。その辺りに、この人の怒りが表れている。

「さらに、ルワーズ教諭は彼女に対し『部屋があるだけましだと思え』『庶出の子風情が、どうして入学が許可されたのか。許し難い』とも言ったそうです」

「ほう?」

おっと、麗しの学院長様のご機嫌が大分斜めな様子。さっきヴィル様が口にした言葉は、学院長の能力を疑うような内容だったからね。

まあ、それを言ったのは女子寮の寮監だけど。

「お訊《たず》ねしますが、いつ、彼女がデュバル家の庶子になったのでしょう。学院には、『タフェリナ・ローレル・レラ・デュバル』が庶子であると、そうデュバル家から届け出がなされているのでしょうか?」

「すぐに確認させる。それと、ルワーズ教諭をここへ」

なんか、話が大きくなってきてないかね? 大丈夫か? これ。

そっと隣を窺《うかが》うと、ヴィル様もコーニーも同様に怒ってる。ヴィル様にとって、私はコーニーの友達だし、もう一人の妹のようなもの。

コーニーにとっては、私は幼馴染《おさななじ》みで気のあう友達だ。これだけでも十分二人が戦闘態勢に入る理由になる。

ペイロンの血筋は、決して身内を見捨てない。私も、その「身内」に入ってるって事だ。じんわり、嬉しさが染みてくるなあ。

そのまま部屋で待っていると、大きなファイルを抱えた職員がやってきた。

「こちらが今年の新入生に関する書類一式です」

「ご苦労。……ふむ、確かにデュバル家からは娘が二人、入学しているね。だが、どちらの名も

『タフェリナ』としか入っていない」

「え?」

もしかして、あの父、腹違いの娘二人に同じ名前つけたの⁉　しかも、タフェリナとしか届け出ていないって……。

学院長の言葉に、ヴィル様が眉間《みけん》に皺《しわ》を寄せている。

「意図的ですね」

「だろうな。その上で、庶子の娘に父親が付き添っていれば、普通はそちらが正妻の娘と思う」

つまり、届け出に嘘《うそ》は書いてませんよー、ちょっと周囲が誤解しちゃったかもしれないけど、自分達から「こっちが正妻の娘ですー」とは言ってませんよーって事?
セ、セコい……いっそ堂々と入れ替えなよ。
デュバル家の娘に関する書類のページを開いたまま、学院長が渋い顔をする。

「しかし、こちらの記載がこれとなると、王宮に届け出ている名簿にも、同様の事が起こっている可能性がある」

「そちらは、伯父が確認していると思います」

「ペイロン伯か。ならば陛下が対応していらっしゃるだろう。伯は、こちらに来るのか?」

「おそらく。単独でかどうかは、わかりませんが」

「なるほど」

学院長、こちらにわからない話をヴィル様としないでいただきたい。後、笑い顔が二人共真っ黒なんですけど。怖いよ？

くつくつと笑う二人に背筋が寒い思いをしていたら、女子寮寮監のルワーズ教諭がやってきた。

「学院長、お呼びと伺いましたが……」

入ってきて、こちらを見た途端顔をしかめるの、やめて下さる？　隣のコーニーの怒りゲージが振り切れそうなんで。

「ああ、ルワーズ教諭。我が学院は、いつから入学生を差別する場所になったのかね？」

「はい？」

言われている意味がわからないといった風の教諭に、学院長は重ねて問う。

「庶子の身分であれ、入学が許可された時点で我が学院の生徒だ。確かに学院内で身分にまつわる上下関係が発生しているのは認めるが、職員が差別をしているなど、聞いた事がないし、厳しく取り締まっているはずなのだが？」

「それ……は……はい……」

教諭の顔色が、段々と悪くなっていく。ここに呼び出された理由に、やっと思い至ったらしい。たかが庶子と侮っていたら、最強戦闘民族に守られて反撃しにやってくるなんて、誰も予想しないだろう。

正確には最強戦闘民族はペイロンなんだけど、ヴィル様もコーニーもそこの血をしっかりと引いているから問題ない。

「さて、ルワーズ教諭。君はここにいるタフェリナ嬢に寮内でどの部屋を割り振ったのかね？」

「そ……それ、は……その……」

おおう、学院長もネチネチと凄いなあ。ヴィル様もコーニーも、平然として出されたお茶を飲んでるし。

「寮の部屋は、全生徒に割り振っても問題ないだけの数が用意されている。また、寮生に過不足なく部屋を割り振るのも、あなたの仕事だ。違うかね？」

「学院長の、仰《おつしや》る通りです……」

学院長、正論で切りつける！　意地悪寮監は太刀打ち出来ない！

「では、もう一度聞こう。ここにいるタフェリナ嬢に、寮のどの部屋を割り振ったのかね？」

「や、屋根裏部屋です……」

「はて？　寮の部屋に屋根裏部屋はあったかな？」

「ありません！　わかりました！　今すぐ別の部屋を用意します！　それでいいんですよね‼」

「いい訳があるか」

学院長の、静かだけど力のある一言に、ルワーズ教諭が小さな悲鳴を上げた。

「謝罪もなしに、新たに部屋を割り当てるからそれでいいだろうと？　君は自分がやった事がどういう事か、本当に理解しているのか？　君の行動は、見ようによっては王家への反逆の意思有りと取られるのだぞ」

「そ、そんな……」

「貴族学院の学院長に、代々王族が就く意味を考えた事があるのかね？　全ては王国の未来の為だ。

だからこそ、この学院は王家の意向の下設立されている」

「わ、私は――」

「寮監という立場をはき違えたな、ルワーズ教諭。君は今日限りで罷免する。二度と我が学院に立ち入らないように」

「お、お待ち下さい学院長！　わ、私はデュバル伯爵に言われてその通りにしただけでございます！」

なぬ？　デュバル伯爵？　それ、うちの実父の事じゃない？

思わずコーニー達を見ると、彼女達もこちらを見ている。

「伯爵が、何と言ったのだ？」

「あ、あれは我が家の庶子で恥だ、通常の学院生と思わなくていい、だから部屋はうんと粗末な場所にしてくれ、と……」

あちゃー。父自ら、私の事を「庶子」と言ってたのか……。

親愛どころか情のかけらすらない相手だけど、はっきり出自までねじ曲げられたと知るのは、ちょっとくるね。

大体、庶子を家の恥と言うなんて。その恥を生産したの、あんただろうが。本当、浮気する男ってどうしようもないな！

「だからといって、ろくに確かめもせず、言われた通りに屋根裏部屋に通すとは。やはり君は当学院の職員には不適当だな。罷免は撤回しない。すぐに荷物をまとめなさい。当然、紹介状も出さない」

うわ。紹介状なしでのクビって、問題起こしたから解雇しましたよって事だ。いや、この寮監は実際に問題を起こした訳だけど。

紹介状がないと、まともな職には就けない。これから、この意地悪寮監は大変な思いをするだろうね。この年齢で学院に勤めているという事は、おそらく独身。実家も、代替わりしていたら帰れる場所ではなくなってるはず。

だからか、意地悪寮監は顔を真っ青にしながら学院長にすがりついた。

「お、お待ち下さい学院長！　お願いです！　お慈悲を！　お慈悲をおおおお！」

叫び続ける意地悪寮監は、どこからか現れた騎士風の人達に部屋から引きずり出されていった。学院内に、武装した騎士がいるんだ……。

まあ、貴族の子女を預かるんだから、それなりに警備は厳しくしてるんだろうね。

その様子を見送った学院長は、意地悪寮監の声が届かなくなったのを確認すると、笑顔でこちらに向き直った。

「さて、次の寮監を決めるのは少し先になるが、副寮監がいるから彼女が当面の仕事を請け負ってくれるだろう」

もしもの時のバックアップ体制、大事ですね。

「部屋の方だが――」

「失礼します。ペイロン伯爵がお見えです」

「通してくれ」

お、伯爵が到着だ。入ってきた伯爵は、大変いい笑顔なんだけど……後ろにいるキラキラした人、誰？

金髪碧眼《へきがん》、先日の黒服イケメンもキラキラだったけど、キラキラの度合いが違う。こっちの方が数段上だ。何と言うか、キラッキラって感じ？　語彙《ごい》力が足りていない……。

柔らかそうな長目の髪は少し癖が入っていて、顔立ちは甘く精悍《せいかん》。これ、女子が放っておかないタイプですな。

ちらちらとキラッキラさんを見ていたら、伯爵が学院長の前で紳士の礼を執る。

「お久しぶりです、閣下」

滅多に見ない、正式な礼だ。脳筋の里ことペイロン伯爵領じゃあ、礼儀なんてどこ吹く風だしね。にしても、伯爵が閣下と呼ぶとは。目の前の学院長って、侯爵以上の身分なのか。

……そういえば、さっき何だか怖い事を言っていたよね？　確か、学院長に就任するのは王族とかなんとか。聞き間違いじゃ、なかったの？

「久しぶりだね、伯爵。それに、殿下がこちらにいらっしゃるとはお珍しい」

「よして下さい、叔父上」

でんかって言った。今でんかって。じゃああのキラッキラした人、王子様なの？

隣にいるコーニーに、こそっと聞いてみる。

「コーニー、あの人って……」

「王太子のレオール殿下よ。ヴィル兄様とは、同年で同じ時期に学院に通っていたの」

王子様もこの学院に通うんだ。それに、学院長を叔父って……学院長、王弟でしたー。母方だったら、王族にカウントされないはずだし。

てか、なんで王太子まで来たの？　本当に、話が大きくなりすぎていない？

二人も腰を下ろし、一息吐いたところでお話し合い再開である。まずは伯爵から、王宮でのあれこれの報告があった。

「まずはこちらから、王宮に提出されている貴族名簿を確認してきました。嫡出子も庶子も、同じ『タフェリナ・デュバル』という記載のみです」

伯爵の報告を聞いた学院長は、苦い顔をしている。

「やはりか……嘘は書いていないが、記入漏れはあるという事だな」

「そうなります。また陛下に話を通し、しばらくこのままにしておく事が決まりました」

「何だと？　それでは、こちらのタフェリナ嬢が――」

「レラなら心配ありません。そうだろ？」

伯爵に確認されたので、無言で頷《うなず》いておく。だって、ヴィル様に話すなって言われたし。

そうしたら、気付いたらしいヴィル様が溜息《ためいき》を吐いている。

「レラ、もう話してもいいぞ」

「そうですか？　では。家の事に関しては、伯爵達に一任していますので、私からは何も。このまま庶子として扱われても、何も問題ありません」

私の言葉に驚いたのは、学院長と王太子だ。特に学院長は、先程の寮監がやらかした事への責任があるからか、オロオロしている。

「いや、しかし、実際に屋根裏部屋に案内されたというではないか」

「別に問題ありません。あ、出来たら、部屋の改造をする許可をもらいたいのですが……」

「改造？　一体何をするつもりなんだ？」

学院長が訝《いぶか》しみの目を向けてくる。うん、そうだよね。普通の伯爵家のお嬢様なら、物置に使われていた部屋なんて！　って怒るもんだ。

でも、ここにいるのは日々ペイロンの魔の森で魔物を狩っていた女です。十年の月日で、すっかり脳筋科戦闘民属になった元伯爵令嬢なり。いや、正確には今も伯爵令嬢ですが。

おっと、今は学院長の質問に答えなきゃ。

「暑さ寒さに強い部屋にします。後、ちょっと使い勝手がいいように変えたいなーって」

こっちの建物って、屋根に断熱処理をしないんだよね。王都は国内でも南に位置するから、冬はまだしも夏は厳しいってコーニーが言ってた。

だから、断熱を施して暑くなく寒くない、住み心地のいい部屋にしたいのだよ。後は、研究所経由の魔道具をあれこれ置いて、床や壁も補強して……。

脳内で楽しく計画を立てていたら、学院長からお許しが出た！

「……現在の寮の建物を壊さないのなら、何をどう変えてもいいだろう」

「本当ですか⁉」

やったね！　んじゃ、早速研究所に連絡して、家具や魔道具を送ってもらおう。そうなると、移動の魔法陣も必要だなー。

「もう一つ、魔法を使っていいですか？」

「本来なら禁止事項だが、攻撃系の魔法でなければ特例で許可する」

学院長の言葉に驚いたのか、王太子殿下が学院長に確認してる。

「叔父上、よろしいので？」

「今回に関しては、学院側に非があります。せめてもの罪滅ぼしですよ」

別にいいのになー。意地悪寮監はクビになったし、庶子扱いされても何ら困らないし。でも、許可はありがたくいただいておきます。ふっふっふ、言質は取ったからね？

「それと、双方の名前ですが、共通のタフェリナは使用禁止という事になりました」

「そうだろうな。でなければ、特記事項を加えねばならん」

ん？　名前くらい、どうでもいいけど。親しい人はレラって呼ぶし。クラスメイトくらいの関係なら、滅多に使わないタフェリナでもいいと思う。

でも、伯爵の意見は違った。

「ただでさえ同じデュバル姓を名乗るんだ。まったくの別人って事を強調しておかないと、今度はレラの成績を乗っ取りに来るぞ。お前、魔法の腕は確かなんだから」

「え……」

マジで？　そんなヤバい子なの？　愛人の子って。

「確かにな。デュバル家の娘の話は私の耳にも入ってきているが、平気で人のものを取り上げるらしい」

「えー……」

ちょっとちょっと、学院長の耳にまで入るって、相当じゃないの？　てか、そんな子でも入学許可が出るんだ。

そういや、金を積んで副学院長から出させたとかいう話、してなかったっけ？　金を出したのは当然、実父だよねー。

「そんな奴《やつ》と、同じ名前は名乗りたくないだろう？　だから、学院ではローレル・デュバルと名乗るといい。レラは親族やごく親しい間柄の者だけが呼ぶ名だしな」

いい笑顔の伯爵に、つい本音を漏らす。

「だったら、いっそデュバル姓も――」

「それは却下だ」

何でさー。


学院長との話し合いは終わり、ヴィル様は侯爵邸に戻る事に。私とコーニーは、このまま寮に移動だ。

「ねえねえ、屋根裏部屋、見に行っていい？」

「いいけど、今はガラクタが積まれたほこり臭いだけの部屋だよ？」

あの意地悪寮監に連れられて、一度見てるけど、別に面白いものはなかったよ？

でも、コーニーは違う意見だった。

「いいのよ。今の状態を見ておけば、改造後と比べられるでしょ？」

ああ、ビフォーアフターを見たいと。それなら納得だ。

屋根裏部屋へは、寮内の階段を使っていく。一番端の、普段誰も使わないような階段だ。

「ここ使って上り下りするのかあ」

「いい運動だと思って、頑張りなさいな」

「うへえ。出来れば使いたくないなあ」

だってこの階段、薄暗くてしかもちょっとヤバい。魔物化まではしていないけど、いるよ、確実に。何が、とは言わない。決して。言ってしまうと、形を与える事になるからだって。

だから、浄化する時には領域を払うようにするそうな。特定の相手を払う、って認識しちゃうと、形を与えて厄介な事になるから。昔、浄化を教えてくれた神官が教えてくれたんだ。

私がそう言ったら、コーニーはきょとんとしている。

「そうなの？　まあ、いよいよとなったら、聖堂にでも浄化を頼むんじゃないかしら」

魔物化してしまえば、ゴースト系も普通に魔法で倒せるんだけどね。ただ、寮内だと攻撃魔法で建物に傷がつくか……。

ちなみに、聖堂の神官が行う浄化は、ゴースト系の魔物に大変よく効く。なのでペイロン伯爵領では、定期的に領内の聖堂に頼んで魔の森に入って浄化をしてもらっている。

魔の森にはゴースト系もよく出るからね。あそこ、何人も命落としてるからさ……。ただねえ、最初はひ弱な神官も、あの森に行くと何故か皆筋肉もりもりで聖堂に戻っていくんだよねー。しかもすっごくいい笑顔で。最初は震えながら入るのにな。三日くらい森にいて、帰ってくると凄《すご》くいい笑顔で筋肉を褒め称《たた》えるようになり、自らも鍛え始めるという。これ、全員例外がないってのがまた凄い。

おそるべし、脳筋の里。

階段を上がった先にある扉を開けると、薄暗い空間にあれこれ積み上げられた部屋がある。ここが物置……違った、屋根裏部屋だ。どっちも一緒か。

「ここが屋根裏部屋ね。本当にほこり臭いし暗いわ。それにガラクタばっかり。間違っても、お宝はないわね。残念」

コーニー……お宝発掘でもする気だったの？　ここには君の好きなアクセサリーは置いてないと思うよ。

「改造の許可が出たって事は、このガラクタも処分していいって事だよね！」

「そこはもう一度、確認しておきなさいよ……」

「えー？」

大丈夫じゃないかなあ。だって、ここに置いてあるのって、壊れたものばかりだし。

と思っていたら、奥の方から何か嫌な感じがする。さっき入った時には気付かなかったのに。

「あ。ヤバい物《ブツ》発見」

「え？　何々？　宝石とか？」

「違う。これ、魔物化しかけてる」

「え」

奥から見つかったのは、顔が割れた人形。木製のヘッド部分が割れて、塗装もはげているから見るからにヤバい。

この人形、周囲の悪感情を吸収してかなりヤバい品になりつつある。割れた顔が更に歪《ゆが》んでるよ。

ただでさえ人形という「形」を持っているから厄介なのに。

「急いで浄化してもらった方がいいと思う」

「レラは浄化、出来ないの？」

「やってやれない事はないいんだけど……」

以前、筋肉だるまになった神官に教えてもらったんだよね。本当はダメらしいけど。

浄化も魔法の一種で、適性がないと扱えないそうだ。しかも聖堂が技術を秘匿しているので、一般の魔法士は術式を知らないんだよね。

だから、本来は使っちゃいけないんだけど……聖堂に見つからなきゃ、平気かな？

「うーん、これ一体くらいなら大丈夫かも。コーニー、この屋根裏部屋全体に光と音を遮る結界、張ってくれる？」

「それはいいけれど……私が魔法を使っていいのかしら？」

「大丈夫だよ。学院長からは使っていいって言われてるんだから」

「あれ、レラは、じゃなかった?」

「あの場で、『誰が』って言ってたっけ?」

言ってないよねー。何なら、場所も寮内って限定、なかったし。

そう言ったら、コーニーが呆《あき》れた顔をしてる。

「屁理屈《へりくつ》がうまくなったわねえ。まあいいわ。はい」

お、相変わらず腕いいなあ。三兄妹の中では、コーニーが一番魔法の腕がいいんだよね。

「んじゃ、いきますか。コーニー、念の為目をつぶっておいて」

「いいけど。何故?」

「すっごく眩《まぶ》しいから」

コーニーが目をつぶって、手で目元を覆ったのを確認してから、手に持った人形相手に浄化の魔法を展開する。

浄化される事に気付いたらしい人形が抵抗してくるけれど、力で押さえ込む。

「おとなしく浄化されなさーい」

更に魔力を込めて、辺りが魔法の光で真っ白になった辺りで浄化完了。この光、魔法の光だから、術式使用者にはちょっと眩しい程度のものなんだよね。

「ふー。これにて終了」

「目、目が痛い……」

「あ、ごめんねコーニー」

術式使用者以外には、かなりきつい光に感じるんだった。眩しすぎる光は、目に悪い。慌ててコーニーに回復の魔法をかける。もう一つ、魔法用の結界を張ってもらえばよかったね。

「ありがとう、助かったわ。それにしても、相変わらずとんでもない事するわね」

「いやあ、魔法は覚えておいて損がないから。それに、魔力だけはたっぷりあるし」

おかげでどんな魔法でも、使いたい放題だよ。いやあ、魔力量様々だね。

コーニーはまだ眩しそうに目元をこすっている。

「あの人形は？」

「浄化で消えたよ。ギリギリセーフってところかな」

「またよくわからない言い方をして」

やべ。こっちではセーフって言っても通じないんだっけ。こういう時、転生は面倒臭いって思うんだ。


壊れた家具やら置物なんて、欲しい人はいないでしょって思うんだけど。

「勝手に処分して、後で怒られるよりいいでしょ？」

コーニーがそう言うから、副寮監の先生を探して許可を取る事にした。こんな事なら、学院長にガラクタ処分する許可ももらっておくんだったわ。

屋根裏部屋から一階に下りて廊下を歩くと、目の前から女子が歩いてくる。あれ……制服だよね？　それにしては、装飾が多いけど。

ジャケットにリボン、スカートにもリボン、髪にもリボン。リボンづくしですな。つか、あんなに手を入れていいのか？　学院の制服って。

もう殆《ほとん》ど原型留めてないんじゃない？　いやあ、改造するにしても、随分と思い切ったなあ。

目の前の女子は、細い縦ロールの髪を揺らし、扇を手に持っている。

「コーニー、あれ、学院の制服なんだよね？」

「大分手を入れてるわね。まあ、色々付け加える人は毎年いるらしいけれど、あそこまでは見た事も聞いた事もないわ」

そうなんだ、制服改造ＯＫなんだね。にしても、改造しすぎじゃありませんかねえ？

「ただ、ああいうゴテゴテした服、最近一部で流行《はや》ってるらしいの。それを制服にまで持ち込む人は、初めて見たけど」

あー、ゴスロリ……とはちょっと違うか。ともかく、こういう盛り盛りのデコラティブなデザインを好む層って、こっちにも一定数いるんだ。

「私は好きじゃないわ。飾りすぎよ。リボンはもう少し品よく使わないと」

同じ感想を抱いてるよー。こういうところが気があうんだよね。シンプルイズベスト。特にペイロンでは、質実剛健が尊ばれるから。

歩くリボンづくしは、こちらに気付くと上から下まで視線を動かし、上の方……髪か？　を見て驚いた様子を見せた。でも、すぐににやーっと嫌な笑いを浮かべている。

「あらあ、その髪色、もしかしなくても我が家の不気味ちゃん？」

はい？　我が家？　思わず、コーニーと顔を見合わせてしまった。

「我が家って……どういう事？」

「さあ……あ！　レラの実家の事じゃない？　ほら、デュバル伯爵家の」

「あー」

二人でやり取りしている間にも、リボンづくし……面倒だからリボンちゃんでいっか。リボンちゃんはこちらに近づいて睨《にら》んできた。

「ちょっと！　私が目の前にいるのに、無視するとはいい度胸じゃない！　お父様に言って、あんたの事を叱ってもらうんだから！」

下から睨み付けてきてキャンキャン吠《ほ》えている。小型犬か。赤味が強めの一応金髪に、目の色は濃い水色ってところかな。顔立ち自体は悪くないんだけど、服のセンスと態度がいただけない。

これが腹違いの妹とか、マジかー。こんなゴテゴテした改造を制服に施すようなのと父親だけとはいえ血が繫《つな》がっているとか、どんな罰ゲームだよ。

いや、個人の好みに文句は言うまい。私とは関わらない場所で楽しんでもらえれば。でもなー。このリボンちゃん、こっちにばっちり絡んでくる気、満々じゃね？

にしても、我が家の不気味ちゃんって……もう少し、どうにかならんのか。人の事言えないけど、酷いネーミングセンスだのう。

しかも、実父に言いつけるとか。お前は幼稚園児か。

隣のコーニーから、うんざりした声が聞こえてきた。

「どうするの？　これ」

「いやあ、私にはどうにも出来ませんて」

「無視するんじゃないわよ！　お父様に嫌われてるくせにいいいい！」

癇癪《かんしゃく》を起こしたリボンちゃん……もう一人のタフェリナは、その場でドスドスと足を踏みならす。

これ、淑女としてやっていい事ですかね？

しばらく足を踏みならした事で少し気が紛れたのか、リボンちゃんはこちらを見て意地悪そうに目を細める。

「ふふん、そういえば、あんたの部屋、屋根裏部屋なんですってねえ。ルワーズ先生がそう言っていたわ」

あー、つい先程クビになった寮監ですね。そういや、父がわざわざ寮監に差別するよう言ったんだっけ？

結果として嫌がらせにもなっていないけど、目の前のリボンちゃんはそう思わないらしい。

「あーっはっはっは。お父様に愛されない娘なんて、惨めなものよねえ」

「レラ……」

「抑えて抑えて。ここで騒動起こしたら、シーラ様に怒られるから」

多分、私も一緒に。コーニーは騒動起こした張本人として、私は止めなかったから。そういうとこ、シーラ様は容赦ないもん。

思っていたような反応が得られない事に、更にリボンちゃんが激高する。

「ちょっと！　なんで悔しがらないのよ！　なんで泣かないのよ！　生意気なのよ‼」

いや、なんでって言われても。顔もろくに覚えていない実父に愛されてないって言われても、特にダメージ受ける事はないってだけ。大体、生意気ってなんだ生意気って。何目線だよまったく。

廊下でぐだぐだやっていたからか、奥の方から誰かがやってきた。きっちりとしたジャケットにくるぶし丈のスカート。派手さはないが、仕立てのよさは窺《うかが》える。

きっちりまとめ上げた黒髪と、黒縁の眼鏡からは、厳しそうなイメージが見て取れた。

「先程から廊下で騒いでいるのはあなた方ですか？　おや、そこにいるのはアスプザット家のコーネシアさんですね」

「ごきげんよう、シェノア先生」

どうやら、教師らしい。寮にいるところを見ると、この人が副寮監かな？

「在校生のあなたがついていながら、この騒ぎですか？」

「申し訳ありません、先生。そちらの方に、いきなり絡まれたものですから」

「あなたは、新入生ですか？　……何です？　その格好。ここは学院ですよ。華美な装いは避けるよう、習わなかったのですか」

お、リボンちゃんがシェノア先生とやらに追い込まれている。

「確かに一部、制服の意匠を変える生徒がいますが、ここまで酷いものは初めてです。早急に手直しをしてらっしゃい」

「わ、私はデュバル伯爵家の娘なのよ！」

リボンちゃんの伝家の宝刀が出た！　デュバル家の娘を振りかざす！

「だから何です？」

「え？」

だが残念！　リボンちゃんの伝家の宝刀は、シェノア先生に一刀両断されてしまった！

『リボンちゃんは　せんせいにいわれたことが　りかいできないでいる』

思わず、脳内で古いゲーム画面風のテキストが見えた気がした。ぽかんとしているリボンちゃんに、シェノア先生は容赦しない。

「家の名を出せば、どうにかなるとでも？　本当に、ここをどこだと思っているんですか。オーゼリア王国の貴族学院ですよ。ここに通っている生徒は皆、貴族の家柄です。そこにいるコーネシアさんも、侯爵家のご令嬢ですよ」

「こ、侯爵家が何よ！　私のお父様は凄《すご》いんだから！」

子供だ。いや、十三歳だとこんなもん？　いやー、違うか。去年のコーニーは、今と同じくらい大人だった。リボンちゃんが子供すぎるんだな。

確かに侯爵家より羽振りのいい伯爵家もあるだろうけれど、爵位の上下だけは変わらないのに。そういうとこ、貴族は早いうちから教えられるものだと思ってた。ペイロンですら、その手の教育はしているんだぞー。

シェノア先生の追撃はやまない。

「あなたの父親がどう凄いのかは知りません。それらは今後、この学院内であなたが築く人脈には影響しますが、我々教師陣には何ら影響を及ぼすものではありません。それをしっかりと覚えておきなさい。さあ、もう部屋に帰るといいでしょう」

反論を許さず、という感じでぴしゃりとやられたリボンちゃんは、何も言い返せない事にまた癇癪を起こし、ドスドスと足音を立ててその場を去って行く。

「足音を立てない！　そのような態度は、淑女として恥ずかしいものだと思いなさい！」

そう背中からシェノア先生に言われるも、リボンちゃんは「ふん！」と大きく鼻を鳴らしてそのまま消えていった。

「まったく……ところで、そちらの新入生がローレル・デュバルさんですね？」

「あ、はい」

にしても、ついさっき名前を「ローレル・デュバル」にするって決まったばかりなのに。この先生、耳が早いんだな。

「私の前任者が失礼をしました。代わって謝罪します」

そう言うと、シェノア先生は本当に頭を下げる。ちょちょちょ！　ここ廊下！　誰が見ているかもわからないのに！

「あ、頭を上げて下さい。その、シェノア先生に謝っていただく筋の話ではありません」

「ですが」

「そうですわ、シェノア先生。私達、先生を探していましたの」

コーニーの言葉に、シェノア先生は黒縁眼鏡に隠れ気味の眉《まゆ》をピクリと動かした。

「何か、ありましたか？」

「実は……屋根裏部屋のガラクタ……いや、置いてあるものを、処分する許可がいただきたくて」

「ああ、構いませんよ。出来れば、全て処分して下さい。ええ、おかしな人形もね」

ギク。そーっとコーニーを見る。向こうもこっちを見ていた。シェノア先生はといえば、にやりと笑っている。いやもう、そうとしか見えません。

「私、聖堂の神官には伝手《つて》があります。浄化も何度か側《そば》で見た事があるのですよ。魔法は独特な波動を持ち、それを見る事が出来る者も少なくありません。特に、この学院には」

さっきの浄化の件、バレてますねー。

「階段と共に、そろそろ浄化をと考えていたところでした。ああ、ついでに階段も綺麗《きれい》にしてもらえませんか？」

「……いいんですか？」

「大変、助かります」

再びコーニーと顔を見合わせる。彼女が頷《うなず》いて私の肩をぽんと叩《たた》いた。うん、これは、やらないとダメなやつだね。上に報告されたら、困るのは私の方だ。

結局その後、コーニーに再び結界を張ってもらって、階段を丸ごと浄化した。何かが消えた手応えがあったから、一部魔物化していたみたい。

まだ弱かったらしく、その結果反応を見逃したんだと思う。となると、このタイミングで「綺麗」にしたのは、よかったんだな。

でも学院もさあ、もうちょっと早めに浄化しようよ。

階段の浄化が終わった後、屋根裏部屋に戻ってお片付け……と思っていたら、夕食の時間だとコーニーに言われた。

「作業は食べ終わってからよ。結界くらいなら手伝うから」

「本当に？　ありがとうコーニー。大好き」

「はいはい。じゃあ、食堂に行きましょうね。私の友達にも紹介するわ。皆気のいい人達ばかりよ」

食堂は、寮の一階奥にある。私が屋根裏部屋に行くのに使う階段とは、正反対の位置だね。

さすが貴族学院の食堂、内装も凝っていて、王都の一流レストランと言っても通りそう。高い天井には優美なフレスコ画。壁には風景画が何枚も掛けられている。

室内には多数のテーブル。形も大きさもまちまちで、グループの人数ごとに案内されるらしい。

学校の寮の食堂で、案内って……。

「お二人様ですか？」

「いいえ、先にお友達が来ています」

コーニーが案内を断って進んだ先は、窓際のテーブル。六人掛けの席には、四人が座っていた。

「お待たせしたわね。許して下さる？」

「もちろんよ。それに、さほど待ってはいないわ、まだ注文もしていないのだもの」

四人のうち、奥の席に座る一人が微笑《ほほえ》んで答える。寮の食堂で、注文って……メニューが決まってる訳じゃないんだ。さすが貴族学院の寮の食堂ってところ？

私とコーニーは一番手前の席に腰を下ろす。すぐに、隣の女子が身を乗り出してきた。

「コーネシアさん、そちらが例の？」

「ええ。紹介するわね。こちらペイロンの伯父様が後見人を務めるローレル・デュバルよ。レラ。こちらは私と同じクラスのお友達でセイリーン、イエセア、アンフォサ、ヘランダ」

「ローレル・デュバルです。よろしくお願いします」

「ふふ、同じ家の方でも大分違うわね」

そう言って笑ったのは、アンフォサ嬢だ。同じ家って事は、リボンちゃんだな。あいつ、今度は何をやらかしたのやら。

「何かあったの？」

コーニーの質問に、皆様苦笑してらっしゃるわー。

「ええ、つい今し方。ああ、私はアンフォサ・シシーナ・ナルエーサ。ナルエーサ子爵家の娘です。ローレルさん……でいいかしら？　こちらの方と同じ家名の彼女、どうやら寮の不文律を知らなかったようよ」

アンフォサ嬢は、意味ありげに入り口の方を見た。それに釣られるように、テーブルの皆が同じ方向を見てる。

「誰も教えてはくれなかったようね」

「大抵は、入り口で在校生の誰かが教えるのに」

「それは仕方ないわよ。だってほら、あの娘《こ》は……」

「ああ」

「あなたも大変ね」

コーニーのお友達方、そこで意味ありげに私を見ないでいただきたい。いや、言いたい事はわかるんだけどさ。

ていうか、リボンちゃん自身の行動で向こうの方が庶子って、周囲にバレてるんじゃないの？

父やリボンちゃんの作戦は、無意味だった訳だ。

それにしても皆様、貴婦人の会話が既にお得意のようで。決してそのものズバリは言わない、でも対象が必ずわかるような話し方。

コーニーも涼しい顔で会話に参加しているから、慣れているんだなあ。私には、無理そうです。早々に白旗をあげておきます。

それに、上級生が話している中に、下級生が割り込むのはどの世界でもマナー違反だと思うから。

「それにね、部屋でもなかなかの騒動だったの。その前に、私はセイリーン・キリア・キージャロス。父はキージャロス伯爵です。あの娘の部屋、私の近くなのよ。もう昼から騒いで騒いで、迷惑ったらない」

何だか申し訳ないです。いや、リボンちゃんの行動に私が責任を持つ必要はないけど。何となく。

コーニーは、リボンちゃんが何をしたか、気になるようだ。

「一体何をそんなに騒いでいたの？」

「やれ部屋の広さが気に食わない、やれ二階は嫌だ、やれ窓の形が悪い、部屋の位置が気に入らないと、文句を付けないところがない程よ」

「まあ！」

よくそれだけ文句が言えるな。貴族学院の寮なんだから、それなりの部屋だろうに。

これには、コーニーが怒った。

「レラを屋根裏部屋に押し込めておきながら、いいご身分だこと」

「本当に屋根裏部屋なの？　ああ、失礼。ヘランダ・ラトール・タチャレス。タチャレス伯爵家の娘なの。で？　真相や如何《いか》に」

「本当に屋根裏部屋よ。でも、見てらっしゃい、多分どの部屋よりも居心地のいい場所になるわよ。ねえ？　レラ」

「コーニー、ハードル上げるのやめてくれない？」

「はーどるって何？　ともかく、期待しているんだから、がっつり改造なさいよ？　そして早く披露してちょうだい」

えー？　披露って何よ披露って。とりあえず、話題を変えておこうっと。

「えーと、先程不文律って仰ってましたけど、どういう事か、伺ってもいいですか？」

「ええ、問題ないわ。私も名乗っておかなくてはね。イエセア・シアトス・ゴーセルです。家は男爵家。王都のゴーセル商会はそこそこ有名だから、ご存知かしら」

「ゴーセル……王都の方は申し訳ありません、存じませんが、ペイロン伯爵領の方でしたら、存じてます」

ゴーセル商会は、最近売り上げを伸ばしている、ペイロンでは新参の商会だ。その分、古参のニード男爵家が営む商会が持ち込まないような品も王都から持ってきているので、ペイロンの女性陣に大変人気がある。

ニード家の商会は、魔物素材のやり取りが中心だ。その辺りは、商会による棲《す》み分《わ》けと思ってる。

「いつもありがとうございます」

「え？」

「あ、いえいえ、こちらの事です。えーと、不文律の事ですよね」

「ああ、そうね。この食堂、新入生はそこの柱からこちら側を使ってはいけないの。柱の向こう側、入ってすぐの辺りが新入生用の場所なのよ」

イエセア嬢が指し示す先には、確かに柱がある。食堂全体を区切っていると言われれば、そう見えなくもない。

柱から向こう側には窓がなく、その分ちょっと閉塞感《へいそくかん》があるかも。壁も装飾が少ないし。

「昔、まだ学院の女生徒が少なかった頃、柱の向こう側は使用人用の場所だったんですって。こちら側の席数が足りないのも含めて、新入生は柱の向こう側を使うようにと決まったそうよ」

確かに、柱のこちら側……窓がある方の席は殆《ほとん》ど埋まっている。これでは新入生は座れまい。

でも待って。私、奥に来てますよ？　私の表情から察したのか、イエセア嬢はころころと笑った。

「あなたは大丈夫よ。コーネシアさんが連れてきたでしょう？　先程の不文律には続きがあって、ただし在校生に招かれた時はその限りではない、というものなの」

よかった。入学して早々トラブルなんて起こしたくない……って、もう大分起こしてるな。

家絡みで寮監がクビになり、廊下ではリボンちゃんに因縁を付けられ、屋根裏部屋で行った浄化は副寮監にバレる。

あれー？　どうしてこうなった？


その後無事夕食をとった後、部屋に戻る。うん、屋根裏部屋です。そういやここ、水場がないね。洗面所とかトイレとかお風呂《ふろ》とか、どうしよう？

こういう時には、研究所に相談だ！

「緊急事態発生、緊急事態発生、こちら王都のレラ。研究所、応答願いまーす」

『お？　レラか？』

「あれ？　熊？」

通信機から聞こえてくるのは、研究所の所長の声。この人、見た目が熊。大柄で髭《ひげ》だらけなんだ。髪もボサボサだから暗がりで会うと高確率で相手を気絶させるという特技を持っている。

でも、熊って呼ばれるのを嫌うし、頑《かたく》なに認めないんだよねー。熊なのに。

『誰が熊か！　ったく、連絡を今か今かと待ちわびてたってのによお』

「絶対嘘だ」

通信機の前にいたのは本当だろうけど、待ちわびてたってのは嘘だ。絶対酒飲んでたはず。既に声に酔いが混じってるのがわかるもん。この酒飲み熊め。

『で？　どうしたよ？』

「うーんとね、貴族学院に入ったはいいんだけど、寮で用意された部屋が屋根裏部屋だったんだ」

『屋根裏部屋だああ⁉　ぎゃははははは！　王都の連中は怖いもの知らずだなあ、おい！』

うるせーよまったく。魔法が規制されてる王都では、暴れようがないじゃん。私、魔法がなければ割とか弱い女子なんだぞ？

……嘘ですごめんなさい。近接戦闘の手ほどきも受けてます。プロの兵士を一対一で降《くだ》すのは難しいけど、素人なら男性でも何とかなるくらい。

いや、それはいいんだ。今問題にしているのは別なもの。

「それでさあ、排水設備がないところに、お風呂と洗面台と便器って、つけられる？」

給水は、最悪魔法で何とかなる。排水もまあ、やれない事はないんだけど、毎回となると面倒。

『んー、森での野営用のをいじればいけるんじゃねえか？』

魔の森で野営する場合、人間の痕跡《こんせき》はなるべく残さないようにする。もちろん、排泄《はいせつ》物も置いて行かない。ではどうするか。便器の中で全部分解するのだ、魔法で。

そんな代物も作っちゃうのが、やベー研究者揃《ぞろ》いのペイロン魔法研究所である。あそこ、攻撃魔法の研究のみならず、そういう魔の森対策をほぼ一通り研究してるからね。

人間の痕跡を残すと、人を覚えて魔物が森から出て来やすいってのを突き止めたのも、この研究所。で、どうするかを考えた時、前世の携帯トイレから着想を得てアイデアを出し、全てを魔法で分解する便器を開発してもらったのが私。

いやあ、魔の森ではお世話になってます。

『便器以外のも、排水をその場で分解するようにすれば、排水設備いらずになると思うぞ』

「ぜひ！　よろしく！　あ、お風呂は洗い場を作って、排水処理はトイレでまとめて一気にするようにしてほしい。図は昔描いたのがあるから、引っ張り出して」

『よし！　明日の昼までには仕上げる。後、利益関係はいつも通りでいいな？』

「え？　それも売り出すの？」

『当ったり前だろうが！　一つにまとめられりゃあ、深いところに潜る連中に売れるってもんよ。貸し出しでもいいしな』

「ははは、なるほど」

ちなみに、魔の森で便利な道具類をレンタルするアイデアも、私が出した。「買うと高いけど、レンタルなら安く便利な道具を使えていい」と評判らしい。

『それと、出来上がった品は移動陣で送っていいのか？』

「大丈夫。許可はもらった」

『よし。じゃあ、今夜中に陣を敷いて、座標を送ってくれ。出来上がり次第、まとめて送る』

「よろしく！」

いやあ、変人揃いだけれど、話が早いのは助かる。天井や床の補強も建材を送ってもらえば何とかなりそう。今日のお風呂とトイレは……コーニーに頼んで貸してもらおうかな。って訳で、今夜だけしのげば大丈夫か。

よし！　まずはガラクタと一緒に埃《ほこり》を掃除して、必要な建材の種類を割り出して、終わったら移動陣の設置だね。

それから約一時間ほどでガラクタの撤去完了。いや、移動陣使ってペイロン領に送りつけただけなんだけど。

『いやあ、全部燃やせるからいい燃料になるわー』

喜ばれたようです。木製の家具ばかりでよかったよ。

今度の通信の相手は、研究所のエース研究員であるニエール。男爵家の娘らしいけど、とにかく魔法が大好きな人。家から押しつけられた結婚を嫌がり、家出して研究所に入ったんだ。

その結婚を嫌がったのも、相手が魔法に理解がないからだっていうんだから、筋金入りだよね。

研究所には、昔から入り浸ってたもんなあ。

あれ？　よく考えたら私が小さい頃から、毎年夏場には来ていたんだよね、ニエールって。その頃から、研究所入りを目指してたのかー。

通信の向こうで、ニエールは何かを数えながら応答してきた。

『じゃあ、こっちからは建材を送ればいいのね？　天井と壁と床だっけ？』

「後、窓を二重窓にしたいから、三番の窓を十六、天窓も四つほど。それから、トカゲの鱗《うろこ》の加工済みを……二匹分送ってもらえる？　後、寝袋」

『そんなに？　随分な改造だねえ』

「うん」

ガラクタ撤去したら、大変な事がわかりました。屋根のあちこち、雨漏りして腐ってるよ……。

屋根材そのものを全部替えるのは面倒なので、傷んでる一部を取り替えるだけにしておく。

後、腐ったところは補修という名目で天窓にしちゃおうかと。一応、建物を壊さない限りは改造オーケーって許可は得ているし。

壊すどころか補修するんだから、感謝されても怒られる筋合いはないよね。

『んーと……よし、計算終了。じゃあ、必要な建材を送るから、移動陣で受け取ってね』

「ありがとう、ニエール」

『どういたしまして。頑張ってね、レラ』

頑張って……か。魔物相手ならいくらでも頑張るけど、貴族相手って、何だか肩凝りそう。

建材は、すぐに届いた。おお、改めて見ても、凄《すご》い量だなあ。

「えーと、床と壁は術式を構築して、明日学院に行ってる間に施工を終わらせよう」

今夜の寝床は、改造前の屋根裏部屋で魔の森用の寝袋だな。まだ森で一泊するのは許可されていないけれど、アイデアだけは出して作ってもらってたんだ。まさか王都で使う事になるとは。

後で、コーニーのところに行って、お風呂とトイレを貸してもらおうっと。

第三章　新生活スタート

入学式翌日の今日は初授業。寮では男子女子に分かれるけれど、クラスは男女混合だそうです。

貴族学院には、社交界に出る前段階、慣らしの要素もあるんだってさ。寮から学院までの道すがら、コーニーがあれこれ教えてくれた。

「異性に免疫がないまま社交界に出してしまうと、思いもよらない事故が起こるから、ですって」

「事故……過去に起こったとか？」

「ええ、百年近く前の事件だけど、未《いま》だに語られているわ」

マジかー。コーニー曰《いわ》く、箱入りで育てられた男爵家の娘が、騎士爵家の息子に欺《だま》されて、嫁入り前に子供が出来たらしい。

男は逃げたけど、娘の父親である男爵が家の体面の為《ため》に、男の実家ごと潰《つぶ》したそうな。特に男は物理的にも潰されたんだとか。

「その男もバカよねえ。自分の実家よりも格上の家の娘に手を出して、無事で済むと思うなんて。しかも、責任も取らずに逃げようとしたのよ？　男爵家の当主が怒るのは当然だわ」

「お、おう」

その結果、騎士爵家とはいえ一つの貴族家が消えても、いいのかあ……。

「レラ、貴族……特に女にとって、貞操はとても大事なのよ？　私やあなたに無理強いをしてくる人はいないでしょうけれど、万が一があったら容赦なく攻撃しなさい！」

「う、うん。でも、私が容赦なく攻撃したら、相手、生きていないと思うんだけど」

「いいのよ！　女子を力ずくでどうこうしようなんて男に、生きる資格はないわ！　私だって、もしもの時は相手を丸焦げにするか八つ裂きにするつもりだもの！」

鼻息の荒いコーニーも可愛《かわい》いから、いいや。でも、実際にそういう目に遭わないよう、自衛は最大限やっておこうか。

過去の事件話には、まだ続きがあった。

「もう一つ、今度は立場が逆で、伯爵家の嫡男が女性に免疫のないまま社交界に出て、身持ちの悪い未亡人に手玉に取られて結婚までしたそうよ。親族がよってたかって離婚させたそうだけど、家の財産をごっそりもっていかれたらしいわ。まあ、その後、その未亡人も行方知れずになったそうだけど」

貴族、怖えええええ。

「それ以来、社交界に出す前に、異性に慣れさせる場所が必要という事になったの」

「で、この学院が出来た訳？」

「そういう事」

貴族学院設立にも、色々あるんだなあ。

クラス分けは昨日の段階でわかっていたので、教室に入る。私は一組。大体一学年二クラス程度なんだそうな。

もう一つは当然二組。わかりやすくて大変ありがたいですよ。これで変なクラス名ついていたら、多分突っ込んでるわ。

教室に入ってざっと見渡したところ、リボンちゃんはいないらしい。よかった。多分、クラス分けでも色々配慮されたんだろう。

それにしても、クラス中が何だか浮き立っているように思えるんだけど……何だろう？

「ねえねえ、あなた、夕べ上級生のお姉様方とお夕食をとっていたでしょ？」

ぼんやり席に座っていたら、後ろから声を掛けられた。振り返ると、明るいくせっ毛を高い位置でポニーテールにしてる子と、黒髪のストレートを下ろした子がいる。

「ええと？」

「あ、ごめんなさい、私、ランミーア・カーゼ・モッド。モッド子爵家の娘なの。こっちはルチルス・ツエナ・フラカンイ。フラカンイ男爵家の娘よ」

ポニーテールがランミーアさん、ストレートがルチルスさんという名前らしい。

「ローレル・デュバルです。よろしく」

普通の挨拶《あいさつ》を返しただけのはずなのに、二人の笑顔が固まった。

「え……」

「あの、デュバルって……あの？」

リボンー！　お前かあああああああ！　本当何やってんだよおおおお！

ちょっとここに引っ張ってきて、小一時間説教したい！　やっても無駄だろうけど。あいつ、絶対人の話聞かないタイプだ。

「ええと、デュバル家の者なのは確か……です」

ああ、穴があったら入りたいって、こういう時に使うんだろうなあ……。

固まっていた二人は、何やらお互い小声でやり取りし、やがてこちらに向き直った。

「うん、私は自分の目を信じる。あなたはあのダーニルとかいう子とは違うと思うわ！　それに、夕べの上級生のお姉様達の態度から考えても、あなたとならお友達になれそう！」

「私も、そう思う」

う！　何ていい子達なんだ！　思わず感動で涙が出そう。てか、向こうはタフェリナ・ダーニルっていうんだね。でも多分、通達が向こうにもいってるだろうから、学院内ではダーニル・デュバルとしか名乗れないはず。　私は今までと変わらずリボンちゃんと心の中で呼んでおく。

「二人共、ありがとう」

とりあえず、後ろの席に座る二人にお礼を言っておいた。リボンちゃんとは違うと信じてくれて、本当に嬉《うれ》しかったから。

「いやだ、お礼を言われるような事じゃ――」

ランミーアさんが何か言いかけた時、教室の入り口から黄色い声が響く。何だ？

「とうとう来たのね」

「？　何が？」

私の疑問に、ランミーアさんは信じられないといわんばかりの顔だ。

「知らないの⁉　王子様よ王子様！　私達の学年には、第三王子のシイニール殿下が入学してるの！　しかも、教養クラスはこの一組よ！　昨日から、寮中がこの話題でもちきりだったのに！」

えー、私、自分の部屋の改造に夢中で、誰からもそんな話聞いてないわー。それにしても、王子様ねえ。じゃあ、あの騒ぎはその王子様がご登場したからかな？

「容姿端麗成績優秀、しかもまだ婚約者がいない唯一の王子殿下！　兄君達も学院在学中に婚約者が決まったから、きっとシイニール殿下もそうだろうって、女子は皆浮き立ってるのよ」

ランミーアさんが、小声で教えてくれた。

「そ、そうなんだ……」

「ローレルさんは、こういうの興味ないの？　ダメよ！　学院って、私達女子にとっては結婚相手を品定めして見つけるいい場なんだから。グズグズしていると、優良物件からなくなってしまうわよ？」

こっちでも、優良物件とか言うんだ……まあ、女子は嫁ぐ相手と嫁ぎ先でその後の人生が決まると言われてるそうだから。誰だって、条件のいい相手に嫁ぎたいよね。そういう意味では、王子様なんて最優良物件かも。

私？　私は結婚願望がないからね。ペイロンに戻れば食べていくくらいの稼ぎはあるし、一人でも何とかなるでしょ。

黄色い声は、段々と静かになり、人の輪の中から一人の男子がゆっくりとこちらに向かってくる。

栗《くり》色の髪、焦げ茶の瞳《ひとみ》。ん？　どっかで聞いた色合いだな……あれが、王子様？　王太子とはあまり似ていないね。

王子様らしき男子は、後ろに二人の男子生徒を従えて、私の前まで来た。

ランミーアさんとルチルスさんと一緒に、椅子から立ち上がる。さすがに王子様を前にして、座ったままはヤバいでしょ。

「君が、デュバル家のローレル嬢かな？」

「……はい」

これはあれか。つい先日王太子が学院長室に来た件絡みか！　もしかして、ここで王子様が私に声を掛ける事で、こっちが本物ですよって周知させるつもりとか？

あれ？　でも、本物偽物に関しては、そのままって事になったんじゃなかったっけ？　変更したんなら、教えておいてよ伯爵。

「兄と叔父から話は聞いてるよ。何か困った事があったら、相談してほしい」

「あ、ありがとうございます……」

これ、部屋に戻ったら伯爵に相談だな。

本日の教養課程は、これから一年かけて何を学ぶかのざっくりした予定と、教養以外の選択授業の種類と受講方法について。

「手元に用紙は行き渡りましたね？　では、説明していきます」

教養クラスの担任は、フンソン先生という四十代くらいの男性教師。優しそうな風貌《ふうぼう》で、何となく安心出来る感じ。

選択授業は、主に魔法系、技術系、騎士系、令嬢系とある。いや、どれも通称だけど。

魔法系はそのまんま。攻撃魔法や補助魔法、治癒魔法など得意分野を選んで選択出来る。それら全てを身につける総合魔法ってのもあるらしい。

技術系は魔力を使った技術、大体は魔道具関連。錬金術もここに入るね。

騎士系は、騎士を目指す人が選ぶ。剣や弓、その他の武器の扱い、乗馬や馬の世話の仕方などを学ぶ授業が中心。弓や乗馬は男女共に選択可能だけど、剣と槍《やり》だけは男子のみだそうな。

変わったところでは、馬以外の騎獣の授業もあるみたい。おとなしい魔物を飼い慣らして、馬の代わりにするそうな。

魔獣とは、魔の森からあふれ出た魔物が野生の動物と交雑して生まれる生物なんだって。魔物は飼い慣らせないけれど、魔獣は種類によっては飼い慣らす事が出来る。なので、騎獣や家畜なんかに使うそうな。

令嬢系は、ご令嬢が結婚までに覚えておくべき嗜《たしな》み全般。刺繍《ししゅう》から始まり詩作、絵画、楽器演奏、礼法など。これらの選択授業は、女子のみ選べる。まだまだ男女の垣根は高いねえ。

この中で選ぶとしたら、やっぱり魔法系かなあ。でも、術式に関してはペイロンの研究所が最先端だからね。習う意味あるのかっていう。

いっそ技術系の錬金術を学んで、魔法薬でも作ろうかな。そっちはさすがにやった事ないから。

魔法薬は、伯爵領で一括購入したものを融通してもらってたっけ。この先を考えて、身につけるとしたらやっぱり錬金術か。

「あ、ローレル・デュバル君。君には担当教官から指名があってね。総合魔法を必ず選択するように、だそうだ」

「はい？」

なんで、指名？　それって普通なの？　……違うよね？　周囲の反応から考えるに。

あれか？　ペイロン伯爵領出身というのが、教師陣にも広まってるのかな……。

結局、選択科目は名指しされた総合魔法に加えて魔道具、錬金術、それと系統は違うけど弓と騎獣を選んである。

私の選択授業の一覧を見て、後ろからランミーアさんが声を掛けてきた。

「……なかなか雄々しい選択ね」

「そうかな？　ちなみに、ランミーアさん達は、どんな選択？」

「私は回復魔法と刺繍に詩作、楽器演奏と乗馬よ。最近の淑女は、馬くらい乗りこなせないとね！回復魔法を選んだのは、うちは父が生傷の絶えない仕事をしてるから。覚えておいて損はないかなって思って」

「私は魔法は苦手だから、刺繍と礼法、絵画と楽器演奏を選んだの」

ほうほう。二人は母親同士が学院で仲がよかったらしく、幼い頃から行き来があったんだって。幼馴染《おさなな　じ》みってやつですね。私とコーニーみたいなものだな。

彼女達とは席が近いという事もあって、何となくお友達になれそうな予感。デュバルの名を聞いても、色眼鏡で見ないでくれたしね。

それにしても、この二人は見た目から受ける印象そのままだ。

明るい髪色のくせっ毛ポニテのランミーアさんは活動的でコミュ力が高い人。黒髪ストレートをそのまま下ろしているルチルスさんは控え目でおとなしい人。

ランミーアさんは誰とでもすぐ仲よくなれる性格らしく、同級生はもちろんの事、上級生にも知り合いの輪を広げつつあるらしい。

ルチルスさんは手先が器用で、持っているハンカチや布の小物は全部自分で作ったんだそう。いつか自分の着るドレスを縫うのが夢なんだってさ。

針と糸に呪われている私からすると、凄《すご》い人だと思うわ、本当。あれだな、私の場合、そのうちミシンを開発した方がいいと思われる。いや、ミシンにも嫌われてるけどさ。

無事選択授業の履修届も出し終え、本日はこれにて終了。学院の食堂でランミーアさん達とお昼を食べてから、寮に戻った。

彼女達はクラブ活動を見学していくというので、別行動。私は別にクラブに興味ないし、何より屋根裏部屋の改造がまだだしさ。

綺麗《きれい》になった階段を上って、屋根裏部屋へ。ここも最初見た時のすすけた感じからは、大分変わったなー。あれ、一部魔物化してる状態だったから。

「よしよし、終わってるね」

入った屋根裏部屋は、とても広い居心地のいい空間に変わっていた。やっぱり建材は白を選んで正解だわ。

ガラクタを撤去した時から思ってたけど、ここ広いのよ。多分、寮の個室五、六室分くらいあるんじゃないかな。比較対象はコーニーの部屋。他の人の部屋もどっこいの広さだって言っていたし。

天井は屋根の形に沿って作り、腐って穴が空きかけていた箇所には天窓を。屋根材の方も周囲の色に合うよう色調を調整してる。

そして、長方形の部屋の長辺部分に並ぶ窓には、断熱を考えて全部内窓を設置しました！　元からあった窓とは大きさが違うけど、そこは内壁の方で調整している。

これだけでも、なかなかいい部屋に思えるんだ。

んじゃ、まずは伯爵に連絡だな。まだ王都のアスプザット邸にいるはずだから、そっちに繋《つな》げばいいか。

専用の棚を作っていないので、床に通信機を直置《じかお》きしている。これも早めに専用の棚を作らないとなあ。

アスプザットに繋ぐと、通信機に出た侍女さんに頼んで、伯爵を呼び出してもらった。

「こちら学院のレラでーす」

『おう、どうした？　レラ』

「あのですね。本日教養クラスで第三王子という人に出会いました。同じクラスです」

『シイニール殿下か。何かあったか？』

そう聞くって事は、あの王子は何かやらかすタイプの人なのかな？

「表向きは何も。ただ、私の名前を呼んで、兄と叔父から聞いている、何か困った事があったら相談してほしいって言われました」

『勝手な真似《まね》を……こちらから、抗議しておこう』

「それとですね。私とリボンちゃん……じゃなかった、向こうの子の事、周囲に知れ渡ってきてますけど。多分、向こうの行動のせいで、正体がわかりつつあるかもしれません」

『うーん、一応向こうが本物だと言い張っている以上、こちらからは何もするな。周囲がお前を本物だと思うのは、放っておいていい』

「いいんですか？」

『構わない。ただし、自分から本物の娘はこちらだ、とは明言しないように。大人の世界には、色々とあるからな』

「了解でーす」

なんだ、バレてもいいのか。心配して損したー。でも、あの王子がくせ者だってわかったから、よしとしておこう。

「さて、じゃあ家具を送ってもらおうかな」

建材を送ってもらった移動陣は撤去済みなので、部屋の隅の床に再び移動陣を張り、座標を取得。こうしておかないと、元あった下の床の上に物が移動されて、せっかく綺麗にした床が壊されちゃうからね。

「もしもーし、こちら王都のレラ。研究所、応答願いまーす」

『はーい』

「あれ？　今回もニエール？」

『そうよー。もうちょっとで交替だけど。今度は何ー？　あ、水回りの魔道具、そろそろ送れるよ』

「本当に？　じゃあそれと、家具一式を送ってほしいんだ」

『あー、なるほど。ヴァーチュダー城のレラの部屋にある家具を送ればいいの？』

「いや、家具屋からそろそろ届くと思うよ。なので、それを全部送ってほしいんだ」

ペイロンを出立する前に、伯爵を通して寮の部屋で使う家具を揃《そろ》えておいたんだよね。

備え付けのものを使う人、殆《ほとん》どいないんだって。なので、毎年入学式前には寮に大量の家具が届けられるのが風物詩だそうな。

家具は業者や入学生の家の使用人達の手で、先に部屋に設置されるのが通常なんだって。

私の場合は、部屋が決まったら移動陣使えばいいやって思ってたからなあ。まさか、部屋の改造からやる事になるとは思わなかったけど。

それに、魔法使用許可が下りて本当によかった。でないと、アスプザットを経由する事になって、いらない迷惑を掛けるところだったよ。

通信の向こうのニエールは、何やらごそごそとしている。音が聞こえるんだよ。

『あ、本当に家具が来た。てか、あれ全部？』

「うん」

『何度かに分けて送る事になるけど、いいよね？』

「よろしく！」

これでよし。いやあ、通信機様々ですね！　おかげで楽に研究所とやり取り出来るわ。

通信のすぐ後、移動陣から次々に家具や洗面台、浴槽、便器などが送られてきた。

それらを場所を決めて設置していき、部屋の体裁を整える。重いものでも大丈夫。魔法で浮かせば移動も簡単簡単。

「よし。これで完成」

窓にはカーテン、あちこちを木製のパーティションで区切り、水回りはカーテンと背の高いパーティションで区切った。

この辺りは、余りの素材で適当に作製。建材、少し多めに送ってもらっておいたんだー。

カーテンには、ささっと防音と防水、防汚の付与を施しておく。全て蜘蛛《くも》絹だから、付与も簡単に出来るのは嬉《うれ》しい。ただし、普通に買うと高いけど。これ、高級布地なんだよね。

ベッドには寝具もついている。蜘蛛絹の寝具は肌触りがよく、寝心地抜群だ。

「あ、この蜘蛛絹、アルの糸だ……」

遠く離れたペイロンに残してきた蜘蛛、アルに思いを馳《は》せる。これだけの布ものを作ったなら、相当糸を出したのだろう。

「ペイロンに帰ったら、強い魔物をたくさんアルにあげないとなあ」

蜘蛛は、食べる餌によって出す糸が変わるから。強い魔物を餌として与えると、より強靱《きょうじん》でつややかな糸を出すんだ。

このカーテンや寝具を作る分、アルは頑張って糸を出してくれたんだと思う。だから、ペイロンに帰ったらお腹《なか》いっぱい強い魔物をあげなきゃ。

その為にも、王都でも気を抜かずに鍛錬しないとね。

一通り部屋の改造が終わったので、一息吐《つ》いていたらもう夕食の時間。早く下に下りないと。

「あれ？　コーニー」

「やっと来たわね。待ちくたびれたわ」

階段の下には、コーニーの姿が。待っていてくれたんだ。ちょっと口をとがらせる仕草も可愛いよ。言ったら顔を真っ赤にしてるけど。

廊下を食堂へ向かって歩きながら、ちょっと雑談。廊下での私語は、騒がしくない限りは許されてるそうだ。

「部屋の方はどう？」

「うん、一通り終わったよ」

「もう？　早いわねえ」

「いつでも来られるようになったから」

「本当に？　じゃあ、今度の週末にでも、焼き菓子を持って遊びにいくわ」

「待ってる」

後で、研究所に連絡してコーヒー豆を送ってもらおうっと。その辺り、全然用意してないや。

本日は、初めての選択授業の日。しかも指名された総合魔法の授業ですよ。どきどきしながら実習棟に向かう。なかなか広い教室だね。階段状の席を見ると、大学を思い出すわ。

後ろの席に座っていたら、いきなり大声が響いた。

「あー‼　何であんたがここにいるのよ！」

リボンちゃんである。うわあ……こいつもこの授業、選択したのかよ……おとなしく令嬢系を選んでおけばいいのに。何でわざわざこれ？　魔法、得意なのかな……。

リボンちゃんはうんざりする私の前に来て、こちらをびしっと指差した。

「お父様に愛されないあんたは、ここから出てお行き！」

周囲はしんと静まりかえっている。うん、ここにきて、私達が一応姉妹だって事、広めちゃったね。

女子寮では既に広まっているみたいだけど、ここには男子生徒もいる。こんなところで実家の恥をさらしおって。実父はどういう躾《しつ》けをしてたんだよまったく。

溜息《ためいき》を吐きつつ、とりあえずこちらを指差してくる手をはたいた。

「選択授業に何を選ぶかは、個人の自由です。それは学院が認めている事。なのに、私に命令する権利があなたにあるとでも？」

「当然でしょ！　お父様は私の言う事なら、何でも叶《かな》えてくれるんだから！」

そのお父様の威光も、ここには届かないんだよバカ娘。

何か見た事のある髪色の男子がこちらに向かってこようとしたけど、手で制した。横から口を差し挟まないように。

「そう、ではあなたのお父様が私の授業選択に文句を言うのね。そう解釈して、間違いないかしら？」

「そうよ！　お父様に頼んで、あんたをまたあの辺境に追いやってやる！　あんたにはあそこがお似合いよ」

私も最後の言葉だけは同意する。本当に、伯爵に迷惑が掛かるんでなければ、来なかったよ王都なんて。

だが、それとこれとは別問題。さっき思いきり私の言葉を肯定したな？　あんたのお父様が、学院での授業選択に文句をつけるって。

私はリボンちゃんに向かってにやりと笑った。

「では、あなたのお父様とやらは、国王陛下に逆らう訳ですね」

「え？」

こちらの言葉に、リボンちゃんは面白いくらい呆《ほう》けた顔をしている。周囲も、こちらを助けようとしていた男子も、ぽかんとしているのが見えた。

「だってそうでしょう？　王族が学院長を務めるこの学院内において、生徒の自由にしてよしとされている授業選択に文句をつけるという事は、それをお許しになった国王陛下に文句を言う事と同じですもの」

大分こじつけだけどね。でも、王家の肝いりで作られている学院のやり方にあれこれ言うって事は、そのくらいの覚悟があっての事なんでしょう。

寮監が部屋の割り振りを自分の勝手な考えから変更しただけで、王家に対する反逆を疑われたくらいだもの。今回の事もそれくらいの罪に問えるんじゃないかなー？

多分。知らんけど。

さすがのリボンちゃんも、貴族が国王に逆らう事の恐ろしさは知っているらしい。途端に慌て始めた。

「そ、そそそそそんな事は――」

「でもあなた、先程私が確認した時に、そうだと言ったでしょう？」

「で、でででででも！」

「じゃあ、授業選択に文句はないのかしら？」

「……」

追い詰めているという自覚はある。でも、小うるさい奴《やつ》は叩《たた》ける時に叩いておかないと。飛び回る羽虫はきちんと潰《つぶ》せって、ペイロンでも教わったしね。

「文句はあるの？　ないの？　どっち!?」

「な、ないわよ！　これでいいんでしょ！　ふんだ！」

またもやどすどすと足音を鳴らしつつ、彼女は前の方の席に腰を下ろす。周囲が蜘蛛の子を散らすように逃げてる様は、ちょっと面白い。

誰もあんなのに関わりたくないよね。

「……間に合わず、申し訳ない」

「いいえ。あのくらい、自分でどうにか出来なくてはいけませんから」

決して、第三王子のせいではございませんて。おっと、リボンちゃんがこっちを睨《にら》んでる。あいつ、もしかして王子様狙いでこの授業、選択したの？　どっから情報得たんだか……。

内心溜息を吐いていたら、教室の扉が開いた。担当教師が来たらしい。そういえば、始業の鐘って、もう鳴ってたよね？　教師が遅刻？

って……えええええええええ⁉

「遅くなったな。俺が今日からこの総合魔法の授業を受け持つ、フーマンソンだ。よろしくな」

教壇で獰猛《どうもう》な笑みを浮かべているのは、見慣れた熊である。

所長おおおおおおお⁉

最初の総合魔法の授業は、この一年でこんな事をやっていくよ、という説明で終わった。

「今日の授業はここまで。次回は簡単な攻撃魔法をやるからな。それと、レ……ローレル・デュバルはちょっと残れ」

「……はい」

今、レラって言おうとしたな？　いつもはそっちで呼んでるもんね。

リボンちゃんがこっちを睨んでるけど、王子が教室を出て行ったのに合わせて、奴も出て行った。

やっぱり、そこ狙いかー。

まあ、それはいい。今の問題はこっちの態だ。

「んで？　どういう事なのか説明してくれるんでしょうねえ？」

「はっはっは。びっくり作戦大成功だな！」

何その「サプラ〜イズ！」とか言いだしかねない顔は！　大成功じゃないよ！

「もう！　通信で連絡した時は、もう王都にいたんだ？」

「いんや？　俺が王都に来たのは昨日だよ」

「はい？」

「移動陣を使ったんだ」

「ああ……」

そうだった。あの移動陣の特許……に近いものを持っているのは、研究所だった。アイデアを出したのは私だけど、完成させたのは研究所の職員……特に、ニエールが頑張ったって聞いてる。

なので、あそこは実質移動陣を使い放題なんだよね。所長ともなれば、尚更《なおさら》だ。

本来なら、陣の設置やら起動やらにはもの凄《すご》くお金が掛かる。でもそれって、研究所に依頼するからなんだよね。依頼料の中には出張費や手数料なんかと一緒に陣の使用料が含まれる。

職員や私なんかは、自分で設置出来るからこの出張費や手数料がかからないのよ。使用料も、設置する際にちゃんと個人で割り振られた番号を入れているから、請求されないんだー。

この個人番号を入れずに勝手に設置して起動すると、もの凄い賠償金が研究所から科される。違反者の情報を研究所に報せる術式も含んでるんだって。

移動陣に関する利益は全て研究所に入るようになってるけれど、そこから二割が私の口座に入る。発案者なので、そういう取り決めになったらしいよ。

「私は長時間、馬車に揺られたのに……」

「そりゃしょうがないだろ。ケンドと一緒なんだから」

ああ、周辺領地への挨拶《あいさつ》かー。各領地の領主に招かれて、晩餐《ばんさん》会だの昼食会だの出てたなー。私は同行者でもまだ未成年なので、そういった社交行事には出席しないでいい。子供は大人の世界に足を踏み入れるなって事ですね。

「ここ数十年は兆しすらねえが、いつ魔の森が氾濫《はんらん》するかわからねえ。その時、周囲の領の手助けが期待出来ねえと、ペイロンは詰む。周辺領地との付き合いや挨拶は、それを回避する為の、言わば備えだな」

魔の森の氾濫。それは、普段は森の外に出てこない魔物達が、何故《なぜ》か大挙して森から出てくる事を指す。記録では、直近で五十七年前にあったそうだ。

いつ起きるかわからない災厄。それが魔の森の氾濫だと言われている。私が生きている間に、氾濫は起きるんだろうか。その時、私はちゃんとペイロンを、伯爵を護《まも》れるのかな……。

考えにはまっていたら、熊がいきなり話題を変えてきた。

「そういや、水回りは無事受け取ったか？」

「うん、ありがとう。助かった」

日数かからなくて本当よかった。これで十日とかかかってたら、その間コーニーにお風呂《ふろ》とか借りなきゃいけなかったもん。

私の言葉に、人の形をした熊はにやりと笑う。

「こっちも助かったぜえ。あれを作ったおかげで、一式揃《そろ》った簡易宿泊所を作る計画が通った」

「何それ？」

「持ち運べるよう改良した、宿泊所を作る計画なんだよ。そうすりゃ、魔の森での野営も、もうちっと快適になるんじゃないかってな」

さすが研究者。自分の興味が向いた事はとことん極めたいらしい。熊も、所長なんてやっているけれど、元々は魔法研究者だ。

「森で快適だったら、戻ってこなくなっちゃうんじゃないの？」

その危険があったから、あれこれ提案しなかった部分もある。でも、目の前の熊はどこ吹く風だ。

「そんなもん、腹が減りゃ戻ってくるんだよ」

「遊びに出た子供じゃないんだからさー」

「似たようなもんだ」

まあ、熊の言う事にも一理ある。何せ魔の森に入るのは脳筋科戦闘民属の連中だ。細かい事なんぞ考えやしないし、どちらかというと本能に忠実。

人間の三大欲求のうち、食欲と睡眠欲に大幅に振っているのはありがたい。

まあ、領内にはでかい歓楽街もあるけどねー。

「ところで熊」

「熊ゆーな！　何だ？」

「私、名指しでこの選択授業を取るようにって言われたんだけど」

「おう。当然だろ？　俺が王都で教師なんぞをやる際に、つけた条件だからな」

「やっぱりあんたかあああああ！」

本当にもう、選択授業くらい自分で選ばせてよね。


その日の授業が全て終わり、クラブ活動などの課外活動の時間。私は何故か実習棟にある総合魔法の準備室にいた。

「まさか王都でも熊と一緒とか」

「聞こえてるぞレラ。何が熊だ。立派な人間だっての」

「いやいや、立派な人語を解する熊だよ」

「まったく、おめえといい研究所の奴らといい。ちったあ俺の肩書きに敬意を払えってーの」

「んじゃ熊、伯爵に敬意払ってる？」

「俺はいいんだよ。ケンドとは幼馴染《おさななじ》みだからな！」

「後でその旨、伯爵に伝えておこうっと」

「やめろ。本気でやめろ！　あいつ、本気出すとこっちの魔法攻撃、剣一本でぶった切るんだぞ！」

さすが伯爵、脳筋科戦闘民属のトップにいる人。つか、あの人そんなに強かったんだ……。

私が知ってる伯爵は、魔の森に自分で入るのではなく、兵士や魔狩り達のバックアップに努めている人。裏方さんだね。

でも、大事なんだよ。バックアップ体制が整っていないと、あれだけ魔物が多い森に入るのは危険だから。脳筋共はその辺り、わかっていない人も多いけどさあ。もうちっとありがたがれっての。

それはそれとして。

「私、伯爵が戦ってるところ、見た事ないんだよねー」

「ああ、ほら、あいつはあれだ。彼女を亡くしてから、自分が前に出る事をやめちまった奴だから」

狭い準備室の中で、デカい熊としんみりする。

伯爵が生涯独身を貫くって決めたのは、婚約者を亡くしたからだ。これはペイロン領では割と有名な話で、小さい子でも知っている。

当時、ペイロンからは少し離れた領と、魔物素材の関係で政略結婚が組まれたそうだ。相手は折れてしまいそうな程細くてか弱い、伯爵家のお嬢様だったとか。

その頃のペイロンって、魔物素材の販路を広げようと、あちこちに営業をしていたらしいよ。で、件《くだん》のお嬢様が伯爵の嫁になる事が決まった。当時は伯爵ではなく、子息だったけど。関係は良好だったって。華奢《きゃしゃ》なお嬢様は、たくましい伯爵に惚《ほ》れ込んでいたそうだ。

そんな中、婚約者のお嬢様がペイロンに遊びに来る途中、山道で馬車が襲われた。護衛も付けていた馬車は、大勢の賊の前には無力で、一行全員が死んだという。

伯爵家のお嬢様が犠牲者になったこの事件、当然王宮を巻き込んで大がかりな捜査が行われた。結果、馬車を襲ったのは賊ではなく、そう見せかけたとある貴族家の仕業だと判明する。その家は、ペイロンの魔物取引に噛《か》みたい家だったそうで、襲撃は自分達が参入出来ない腹いせと、空いた婚約者の座に自分の養女を入れる為だったらしい。

全てが明らかになってから、伯爵は家を捨てる覚悟で、黒幕の家に乗り込んだ。伯爵が黒幕の家で何をしたかは、私は知らない。でも、結果として王家からの咎《とが》めはなく、黒幕の家の方が没落した。襲撃を企てた本家はもちろん、分家の末端に至るまで取り潰され、果ては姻族にまで影響が及んだという。

その後、伯爵は家を継がずに国外に出ると言ったそうだけど、前当主で伯爵の父親がぶん殴って止めたそうだ。

この家に生まれた責任を果たさずに、甘えた事を言うな。そう言ったんだって。前伯爵、酷《ひど》くね？ でもまあ、それで伯爵が家を継いで今に至るんだから、いいんだろうけど。

そんな過去があるから、伯爵は結婚しない。自分の妻は死んだ彼女だけだって言って、跡取りには早々に分家から養子を取ったって訳だ。

そして、自らは二度と剣は手にしないと誓ったらしい。

「人相手じゃなく、魔物相手ならいいと思うんだけどよお。ケンドはまあ、ああいう性格だから」

「そうだね……」

一本気、と言えば聞こえはいいけど、折れない頑固さというのかな。ペイロンの人間には、多かれ少なかれそういう気質がある。

「つう訳で、おめえも余計な事を奴に言うなよ」

「それとこれとは別だね」

「な！　今のはいい話だねって頷《うなず》いて流すところだろうがよ！」

「やだなあ、熊とは長い付き合いじゃない。私がそういう性格じゃないって、知ってるでしょ？」

本当、魔法研究所のメンバーとは、十年来の付き合いだからね。

「で、結局なんで私が総合魔法を選択する事が条件になったの？」

「そりゃおめえ、王都でも面白い事やろうと思ったら、おめえの手伝いは必要だろうがよ」

「その為だけかよ」

つい突っ込んじゃうよ。熊はガハガハ笑うだけだけど。

まー、クラブ活動しないし、屋根裏部屋も綺麗《きれい》にしたし、たまには熊の手伝いくらいするかー。

「そういや、屋根裏部屋どうなった？」

「綺麗になったよー」

「よし、今度見せろ」

「女子寮に入ろうとか図々《ずうずう》しい熊だな通報すっぞ！　ニエールに告げ口してやるう！　冷たい目で『最低』って言われればいいんだ！」

「やめろ！　本気でやめろ！　アイツ怒らすと寒気がするんだよ！」

知らんわ。熊が図々しいのが悪い。

学院で勉強し、放課後は総合魔法科で所長の実験や研究を手伝う毎日。ちょっと王子様やリボンちゃんが鬱陶《うっとう》しい事もあるけど、概《おおむ》ね穏やかな毎日だ。

楽しい時間はあっという間にすぎていき、もう冬目前。年末年始は、学院も短い休みに入る。

まあ、休みの前には試験という地獄が待ってるけどね！　こっちでも試験地獄に落ちるとか。前世は余程悪い事をしていたのか？　自分。……いや、覚えがないな。それに、私だけじゃないし。

週末は、よくコーニーがお菓子を持って部屋に遊びに来る。コーニーのお友達だったり、ランミーアさんやルチルスさんも一緒の時があって、ちょっとした女子会気分だ。

今日はコーニーとランミーアさん、ルチルスさんの三人がお客様。話題は、もうじきやってくる冬休みの過ごし方だ。

「レラは、年末年始はうちに来るのよね？」

「冬休み？　うーん、ペイロンまで行って帰ってするのは、ちょっと無理そうだしなあ」

何せ王都とペイロン領は離れてるからねえ。移動陣を使えばあっという間だろうけれど、多分伯爵の許可が下りないと思う。

「夏なら三か月近くあるから、ペイロンに帰るのもありだけど、冬休みって六日くらいだよね？　移動だけで時間切れだし。コーニーのお家《うち》に、お世話になるしか手はないなー」

私の言葉に嬉《うれ》しそうなコーニーの隣で、ランミーアさんが興奮した顔で聞いてくる。

「あ、あああああの！　コーネシア様のお家って事は、アスプザット侯爵家ですよね？　あの大通りにある」

ランミーアさんが、何やら興奮している。あの家に、興奮する要素、あったっけ？　シーラ様は美人だけど同性だしなあ。侯爵であるサンド様はイケオジだけど、年齢離れてるし。

ヴィル様とロクス様は、見かけは普通だけど中身はペイロンだ。ちなみに、ペイロンと書いて脳筋と読む。

ランミーアさんの言葉に、コーニーはにっこり微笑《ほほえ》む。

「ええ。ご存知《ぞんじ》なのね」

「いいなああああ！　あの！　監督生のロクスサッド様も、ご一緒なんですよね⁉」

「もちろん、兄だもの」

「それにそれに！　今年卒業されたウィンヴィル様もいらっしゃるんですよね⁉」

「ええ、そちらも兄だから」

「あああああ、ローレルさんがうらやましいいいいい！　うちは祖母が王都の外れに住んでるから、そっちに行くんです……憧《あこが》れのウィンヴィル様やロクスサッド様と一緒に過ごせるなんて……ああ、うらやましい……」

どうやら、ランミーアさんはロクス様やヴィル様のファンらしい。そういう女子生徒、多いんだってさ。そうか……脳筋のファンか……。

大抵の女子は、コーニーを「あのウィンヴィル様の妹」「ロクスサッド様の妹さん」として見てくれるけど、一部の困った人達からは嫉妬《しっと》の嵐だそうな。

妹ってだけで彼の側《そば》にいるなんて！　って事らしいよ。いや、よくわからん感情だわ。家族なんだから、仲よくても普通だし、むしろいい事じゃね？

ちょっと微妙な思いに駆られていたら、ルチルスさんが話題を戻してくれた。

「私も親戚《しんせき》の家に厄介になる予定です。私の隣の部屋の子は、冬休みは寮に残るそうですよ。周囲でもちらほら、そんな話を聞きます」

冬休みは、それなりの数の居残り組が発生するそうな。王都に邸宅を構えていない家は、領地が遠いと帰省出来ないからね。その救済措置らしい。

ただ、寮の職員は殆《ほとん》ど休暇に入るので、食事や洗濯などは自分でしなくちゃ駄目なんだって。お金さえ出せば、食事は王都のレストランがあるし、洗濯も代行業者がいる。部屋の掃除は、普段から自分達でするように指導されているから問題なし。

どっちも、私に限って言えば自力で何とか出来るからいいんだけどね。魔法って、便利ー。

ルチルスさんの「寮に残る人もいる」発言に、コーニーが眉《まゆ》をひそめる。

「寮に残ると、レラの実家やあの子が絡んでくるかもしれないわ」

コーニーの言葉に、ちょっと室内の空気が重くなった。それがあるから、居残りはやめようと思ったんだよ。

コーニーはなおも続けた。

「そうなったら、危ないでしょ向こうが。その点、うちならデュバル家を排除出来るもの」

排除って言っちゃったよ。ランミーアさんもルチルスさんも頷いてるし。

それとコーニー、さらっと向こうが危ないって言ったね？　王都って、許可を受けないと魔法を使っちゃいけないんでしょ？

「自分の身を守る為なら、その限りじゃないわ。ちゃんと覚えておきなさいよ？　必要になる時がくるかもしれないんだから」

「そうかな？」

「レラは変なところが抜けてるから。本当心配だわ」

えー？　そんな事はない……はず。


学院も、間近に迫った冬休みのせいで浮き立っている。その前に、学期末試験があるのになあ。気を付けるべきは、教養科目。これはまあ、読み書き計算、歴史や地理、文学などなどなので、普通のお勉強って感じ。

選択科目の方も、総合魔法や魔道具は問題ないし、錬金術も実技が主だから多分平気。今まで失敗してないから。問題は騎獣と弓かな。

騎獣に関しては、向こうに怖がられちゃってね……未だ乗れていません。

弓は慣れていないせいか、まだ的にうまく当てられない。でも、基礎を繰り返す事で技術が身につくはず。頑張れ私の脳筋魂。

という事で、自主練はとりあえず弓のみ。試験まで頑張った。

結果。

「やったー！」

騎獣、弓共に合格ライン突破。騎獣は口頭試問で何とか合格した感じ。

教養、総合魔法、魔道具、錬金術はいい成績が出せたので、全体的には想定以上の出来だった。

試験の総合結果は教養クラスで発表され、現在はランミーアさん、ルチルスさんと一緒に聞いている。口頭では優秀者の名前と順位。個人の成績はプリントで個別に配られた。

私の成績は、さっき優秀者として発表されている。特に総合魔法、魔道具は学年一位だそうな。

ちなみに、総合成績の順位は七位。一位には、王子様の名前があった。他も、一組のクラスメイトの名前ばかり。

なお総合成績十位までは、廊下の掲示板にも一覧表が張り出されるんだって。

私の成績を聞いて、ランミーアさんが目を丸くしている。

「ローレルさんって、凄《すご》いのねえ。魔法と魔道具、一年では一位じゃない」

「う、うん。ありがとう」

これに関してはなー。ちょっとズルな気もする。何せ、ペイロン領で散々魔物とやり合って、研究所であれこれ作ったからねー。

ある意味経験値が段違いだもん。錬金術に関しては、周囲と同じスタートだけど、多分魔法や魔道具に対しての理解度が深いのが、影響していると思う。

錬金術の学期末試験で提出したのは、弱毒の中和剤。一番簡単な魔法薬なんだって。

魔道具は、用意された魔法回路を金属の板に書き込むだけ。実際に道具を作った訳じゃないので、ちょっと残念。でも、ただの回路と思うなかれ。正確さと細かさで千差万別の結果になるのだ。

ともあれ、学院に入って最初の定期試験の結果としては、上々だと思う。

今日は成績発表と冬休みの注意事項のみで終わり。これからクラブ活動がある人や、早々に帰省する人で周囲が賑《にぎ》やかだ。

そんな一組の教室に、大声で怒鳴り込んできたバカがいる。

「ちょっと！　あんた！」

リボンちゃんだ。あいつ、あれからも制服にあれこれつけ続けて、更にリボンだらけになっている。足し算してばかりじゃなく、少しは引き算をするって事を覚えなよ。

ドスドスと足音を鳴らしつつ、一組の教室に踏み込んできた異物に、教室内は水を打ったように静かになった。

「どういう事よ！　何であんたが成績優秀者に選ばれるの！」

いきなり失礼だな。

「……何でと言われても、試験で優秀な成績を収めたからでは？」

「あり得ない！　あんたなんかが成績優秀者になるなんて、あり得ないのよお！」

いや、きちんと勉強した結果だよ。普通にあり得るよ。つか、あり得ねえのはお前だよ。

おっといけない。ついペイロンの癖で口が悪くなる。コーニーにも散々注意されているんだけど、抜けないなあ。

現実逃避気味になった私の耳に、更にあり得ない言葉が飛び込んできた。

「……そうよ、わかったわ。あんた！　私の成績を盗んだわね！」

「……はい？」

何　故　そ　う　な　る　？

「そうよ、あんたみたいな辺境暮らしの田舎娘が、貴族学院の成績優秀者に選ばれる訳ないいんだわ。ふん！　この私の成績を盗むだなんて、みっともない真似したわね！」

どうしよう、伯爵が言っていた事が、本当に起こったよ。マジかー。

あまりの事に呆然《ぼうぜん》としていたら、誰かが教師を呼びに行ったらしい。一組の担任、フンソン先生が戻ってきた。

「何だこれは。何の騒ぎだ？」

「先生！　この女、私の成績を盗んだんです！」

「何だって？　君は……確か、二組のダーニル・デュバル君だったね。何をバカな事を言っているんだ。成績など、盗めるはずがないだろう」

「でも！」

「まず、教養試験は組ごとに行われる。この教室で行われた試験に、君は参加していない。君は二組だからね。選択科目に関しては、二つが同じだけだ。しかも、この二つは総合魔法と魔道具。総合魔法は担当官の前での実技、魔道具は課題の提出だと聞いている。どちらも担当官がしっかり確認するので、成績を盗めるはずがないのだよ」

「き、きっとあいつが私の名前と自分の名前を入れ替えたのよ！」

「この学校で、答案の名前を入れ替える事件など起こった例《ため》しがない。試験期間中、常に教師が監視しているからだ。不正を行おうとする生徒は毎年現れるけれど、全て未然に防いでいる」

「で、でも……」

「大体、何を根拠に成績が盗まれたなどと言っているのかね？」

「そ、それは……」

「入学してからの君の学院での行動は目に余る。これ以上の事を起こせば、最悪退学も覚悟するように」

「た、退学⁉」

え。貴族学院を退学なんて、あるの？　周囲も先生の一言にざわついた。リボンちゃん本人は、青ざめて震えている。

てっきり退学に怯《おび》えているのかと思ったら、違ったらしい。

「こんなの……許されるはずがないのよ‼」

怒りから、震えていたのか。

「落ち着きなさい、ダーニル・デュバル君」

フンソン先生の宥《なだ》める声も、リボンちゃんには届かなかった。

「決闘よ！　貴族なら、己の名誉にかけて、私からの挑戦を受けなさい‼」

教室中がしんと静まりかえった。

「受けなくてもいいわよ？　その場合は、成績を盗んで申し訳ありませんって、その場で膝《ひざ》を突いて詫《わ》びるのね」

オーゼリアでいう膝を突くっていうのは、前世日本でいうと土下座謝罪に近い。相手を徹底して貶《おとし》める際に用いられる言葉だ。

つまり、リボンちゃんは私を徹底的に貶めたい……という訳。

いい度胸だ。

「いいでしょう。その決闘、受けます。ただし、私が勝ったら同学年全員が見ている中で、私の名誉を傷つけた事を膝を突いて詫びなさい。いいわね？」

「！　上等よ‼」

よし、言質は取った。これで公にリボンちゃんに泣きを入れさせる！

大体さあ、教師が無理だって言ってるんだから、あり得る訳ないでしょ、他人の成績を盗むなんて。そんな不正をしたとアスプザットに知れたら、後が怖い。

シーラ様から伯爵にも伝わって、サンド様、シーラ様、伯爵のトリプルコンボで説教アンド再教育コースになると思う。そんな危ない橋、渡ってたまるか。

私達のやり取りを見ていたフンソン先生は、一つ大きな溜息《ためいき》を吐いた。

「……決闘という形ではないが、総合魔法で腕比べというのはどうかね？」

「腕比べ？」

やべ、リボンちゃんと声が重なっちゃった。睨《にら》むなよな、こっちだって嫌なんだから。

「決闘となると、立会人や武器の扱いなどで時間がかかるが、腕比べならば簡素化出来る」

「私は構いません」

「わ、私だって！　望むところだわ！」

どんな形であれ、相手を叩《たた》き潰《つぶ》せればいいのだ。

「そうか。では、フーマンソン教諭に許可を取ってこよう。これから、すぐでも構わないかね？」

「もちろんです」

「ええ、いいわ！」

強がって、大丈夫なのかねえ？　総合魔法の授業を見る限り、リボンちゃんは魔法が得意ではないようだけど。特別出来が悪い訳ではなく、何というか、普通？

別に、貴族の家に生まれた者は全員魔法が上手《うま》く使えて当たり前、とは言われないんだから、違う選択授業にしておけばよかったのに。

あ、そうすると王子様と一緒にいられる時間が減るからか。

「ではすぐに許可を取ろう。他の生徒達は、教室から出なさい」

フンソン先生に追い立てられるようにして、生徒達は教室から出て行く。

「ちょっと面白そうじゃないか？　見に行かないか？」

「勝負になるのかねえ？」

「成績を盗んだと罵《ののし》るとか……正気かしら？　フンソン先生が仰《おつしや》っていた通り、出来る訳ないのに」

「大体、人前であんな大声で喚《わめ》くなんて。どういう教育を受けてきたのかしら」

「デュバルって、伯爵家だろ？　あれがその娘？」

「どっちも、らしいぜ。片方は正妻の、片方は庶出の子だってさ」

「ああ、じゃああっちが……」

そんな噂話《うわさ》が耳に入る。私とリボンちゃんは、この場でフンソン先生が戻るまで待機だ。

熊の事だから、きっと面白がって許可を出すと思うんだあ。ああ、熊のニヤニヤ顔が脳裏で再生される。何か悔しい！

「大丈夫だったかい？　何だか、おかしな事になってしまったけれど」

廊下で熊の幻影に苦しめられていたら、声が掛かった。王子様か……と、その後ろにランミーアさんとルチルスさんの姿もある。

リボンちゃんの視線が背中に突き刺さる。近づきたいのなら、自力で話しかければいいのに。ちらりと背後を窺《うかが》うと、何やら顔を真っ赤にしてくねくねしてる。キモ。

おっと、それよりも、ここはお礼を言うべきところ。フンソン先生を呼びに行ってくれたの、この人なんだから。

「殿下、先程はフンソン先生を呼んでいただき、感謝いたします」

王子は私の言葉を聞いて、ちょっと苦い笑いを浮かべている。

「いや、かえって大事になってしまったようで……許してほしい」

「殿下のせいではございません。お気になさらず」

これは本心。王子様は小さく「よかった」と呟《つぶや》いている。

「それと、僕も腕比べを見せてもらっていいかな？」

何故？　でも、ここで言う事じゃないな。下手に断ると後ろのリボンちゃんがまた騒ぎそうだ。

「その辺りは、先生方に確認して下さい」

「そうか……そうだね。わかった。では、また後で」

そう言うと、どこにいたのかお付きの男子二人とその場を去って行く王子様。少し離れたところで、不意に振り返る。

「ああ、それと。冬休みは、王都にいるのかな？」

「え？　ええ……そうですね」

「そうか。それだけ聞きたかったんだ。じゃあ」

王子様は爽《さわ》やかに笑うと、今度こそお付きの二人とその場を後にした。

何だったんだ？　あれ。

「大丈夫⁉　ローレルさん！　私達、何も出来なくて……」

「大事になってしまったわね……」

オロオロするランミーアさんと、困った顔のルチルスさん。二人には「大丈夫」って伝えておく。

それにしても、本当に大事になったね。何だか観客も多そうだし、いっちょ派手にやってみようかな。

予想通り、熊は面白がって許可を出した。今もフンソン先生の隣でニヤニヤしてる。くそう、あの熊ぶっ飛ばしたい。

あの後、フンソン先生に率いられて、この屋外実技場に来た。ここはいくつかの選択授業で使用する実技場で、主に魔法用とされている。

前世の陸上競技場のような趣で、ちゃんとスタンド席もあったりする。その席に、生徒がちらほらいるんですが。ん？　ロクス様とコーニーもいる？　熊から聞いたのかな……。

実技場の壁際にある出入り口付近に熊と私、フンソン先生とリボンちゃんが立っている。

「総合魔法担当教諭のフーマンソン先生より、特別の許可をもらった。二人共、感謝するように」

したくねー。でも、ここは形だけでも頭を下げておく。

「おう。俺の方から今回の腕比べのやり方を説明するぜ。今回の腕比べ、より大がかりで細かい術式を使った方の勝ちだ。見た目に惑わされねえから、気を付けろよ？　後、お互いを攻撃する魔法も禁止する。発動した時点で反則負けとするから、覚悟しとけ」

つまり、どれだけでかくて繊細な魔法を見せるか……って事？　で、相手を攻撃してはいけません、と。

あ、確認したい事が一つ。

「質問でーす」

「何だ？」

熊が腕を組んで偉そうにふんぞり返っている。……一応、研究所の所長なんだから、偉いのか？熊なのになあ。

それはいいとして。

「攻撃魔法でも、相手に向けなければいい？」

「そうだな……よし、付け足しだ。攻撃魔法を使う場合、上空に向かって撃つ事。以上！」

なるほど。上空ならいいのね。しめしめ。

熊の説明が終わったところで、フンソン先生から声が掛かった。

「審判はフーマンソン先生、見届け役は私だ。では、どちらからやりますか？」

「はい！　私が先にやるわ‼」

元気よく手を挙げたのは、リボンちゃんだ。

「ではダーニル・デュバル君」

フンソン先生に名を呼ばれ、リボンちゃんが一歩前に出た。

「ふふん、私の真似をしたかったら、してもいいのよ？　その代わり、あんたの成績は私のものって事にするから」

また無茶を言う。そしてナチュラルに人を見下してんなあ。いいからとっととやりなよ。

実技場の中央に移動したリボンちゃんは、精神集中を行っている。そんな大きな術式を使うつもり？　術式って、大きくなればなるほど制御が難しくなるので、集中が必要なんだ。

「ふん！」

鼻息だかかけ声だかと共に発動したのは、炎。それが一つ、二つと増えていく。総数六つか。

それを指先に集め、回転させながら上空へと放った。上に上った炎は、ある程度までいくと周囲に散り、そのまま消えていく。

ふむ。炎ねえ。

「どう？　私の腕前は。あんた、総合魔法の授業じゃあ、ろくに実技にも参加していないじゃない。なのに、一位を取るとかふざけてんの⁉　今ここで、一位とやらの実力、見せてみなさいよ」

ああ、なるほど。総合魔法って、座学よりも実技が中心なんだよね。でも、私が下手に実技に参加すると、周囲との差が大きすぎて、他の生徒が萎縮《いしゅく》するって熊が言うから、あまり参加出来なかったんだ。

まさか、こんな弊害が出てくるとは。

「では次、ローレル・デュバル君」

「はい」

実は、炎はあまり扱った事がない。何せ、魔法を使う場所が魔の森だからね。あの森では、火気厳禁なんだよ。

なので、高圧の水や真空刃などを使って魔物を狩る。でも、炎が使えない訳じゃないんだ。

私もリボンちゃん同様、屋外実技場の中央に立った。右腕を軽く挙げて、人差し指を立てる。そこに、炎を生み出した。ほんの小さな、ろうそくの先に灯《とも》るような炎。

フンソン先生の側で、リボンちゃんが勝ち誇っているのが目の端に映る。客席も、落胆しているようだ。気が早いなあ。これからこれから。

指の先に作り出した炎は、一つ、二つと数を増やしていく。ここまでは、観客も想定内だっただろう。でも、数が増えて三十を超える辺りから、ざわめきが聞こえ始めた。

ふっふっふ。ちょーっと聴力アップの魔法も並行して使っちゃお。

『何だあれ？　あの小ささとはいえ、既に三十以上の炎を出してるぞ？　どうやって制御してるんだよ？』

『しかも、出した炎を一定の位置に留め置いてる。あれ、思う以上に難しいぞ？』

これで驚いてもらっちゃ困る。本番はこれからだから。指先から出した炎、その全てを端から蝶《ちょう》の形に変えていった。

『あ！　見て！　炎の形が蝶に変わったわ‼』

『そんなバカな！　あり得ない‼』

騒ぐな騒ぐな。とはいえ、客席が驚くのも無理はない。一度出した炎の形状を変えるなんて、普通は出来ないから。

炎の大きさを変える事は出来るんだ。大きくしたり、小さくしたり。でも、出した形状を変える事は、理論上無理と言われている。ガスの炎の形を三角や四角に変えろと言われるようなものだ。

当然、今やったこれには仕掛けがある。最初から、線状に魔力を出して、その上に極小さな炎を作りだしておいたんだ。最初は線をろうそくの炎の形に整えていたのでそう見えただけの話。

その魔力の線を蝶の形にすれば、炎が蝶に変化したように見える訳。

もちろん、線状にした魔力の制御と、炎の制御が二重で必要だけれどね。子供の頃からこの手の事は遊びでやっていたから、得意なんだー。

最終的に、三十以上の蝶に変化させた炎を上空へと放つ。ひらひらと飛ぶ炎の蝶は、青い空に映えて綺麗《きれい》だ。

飛んで行った炎の蝶は、やがて静かに消えていく。ちょっとしたショーだったね。

「これで終わりです」

私の言葉に、観客席から盛大な拍手が起きた。ロクス様とコーニーも、凄《すご》く喜んでくれている。やった甲斐《かい》があったわー。

熊達のところに戻ると、リボンちゃんの姿は消えていた。

「ダーニル・デュバル君は、先程ここから走って逃げていきましたよ。謝罪はまあ、この観客の数に免じて許してあげなさい。それと、彼女の主張は我々の方でも訂正しておきましょう」

「ありがとうございます」

ちぇー。衆人環視の中での謝罪、楽しみにしていたのに。でもまあ、同学年だけでなく、上級生まで集まったこの場で完敗したんだから、しばらくはおとなしくしてるでしょ。

私の礼の言葉を聞いて、フンソン先生は珍しく笑った。

「いいえ、素敵な魔法を見せてもらったお礼です」

フンソン先生は「では」と残してその場を去って行く。背中を見送りながら、熊が一言呟いた。

「おめえ、あれ、いつぞや研究所の裏の林を全焼させせかけた魔法だな？」

「ソンナコトアッタッケ？」

嘘《うそ》です、覚えてます。ニエールと一緒になって、実験していた時の事だ。あわや大惨事になりかけたところ、熊が消火してくれたという経緯がある。

「まあ、これからは総合魔法の授業でも、おめえにしっかり実技もやらせねえとな。今回みてえな騒動がまた起きちゃ、たまらねえ」

そーですね。さすがに反論はしないよ。さて、侯爵邸に行くとしますか。


冬季休暇は六日程度なので、荷物は寮に置きっぱなし。制服のまま侯爵邸に行ってよしという事になっている。

ペイロンから、私の私物の一部がアスプザット邸に送られたそうだ。なので、着替えとかは心配なく、ほぼ手ぶら。

校門でロクス様、コーニーと待っていたら、侯爵家の馬車が到着した。

「三人共、待たせたな」

中から出て来たのは、ヴィル様。侯爵家嫡男が、わざわざお迎えですかー。この人、フットワーク軽いよなあ。

正門前まで馬車で乗り付けられるのは、許可を受けた家だけなんだって。アスプザットはその一つ。デュバルもその昔は許可を得ていたそうだけど、今はそれが取り消されているんだとか。

馬車に乗って十数分、あっという間に侯爵邸です。馬車から下りたら、思いがけない人が出迎えてくれた。

「ロクス、コーニー、それにレラ！　お帰りなさい‼」

「お母様！」

「母上、ただいま戻りました」

「シーラ様！　お久しぶりです」

なんと、侯爵邸にお戻りになっていた侯爵ご夫妻だよ。旦那《だんな》様のアスプザット侯爵サンド・クオヴァル様、そして夫人のシーラ様。

「本当に久しぶりね、レラ。ああ、顔をよく見せてちょうだい」

うおお、シーラ様の美貌《びぼう》は相変わらずで。近くで見ていると、本当に吸い込まれそうな引力を感じるよ。いつ見ても、とても三人の子持ちとは思えない。

「元気そうで何よりだわ。義務とはいえ、ペイロンで生き生きと暮らしていたあなたに、王都は厳しいと思ったのだけれど」

「あら、レラはどこででも生きていける子だもの。大丈夫よ、お母様」

いや、コーニー。その通りだと自分でも思うけど、君に言われるのはちょっと違う気がするな。

シーラ様も同じ事を考えたらしい。

「コーニー、いくらレラと仲がいいと言っても、言い方というものがあるでしょう？　もう少し考えなさい」

「はあい」

反省していないな？　まあいっか。

玄関で立ち話も何だからと、居心地のいい居間に移動する。ああ、お茶のいい香り。

侯爵夫妻は、しばらく国外に行っていたそうな。あー、オーゼリアの南方には小王国群があるから、そちらとの調整だろうね。

大きな国もあるにはあるんだけど、楽に陸路で行ける国は南方の小王国群だけ。他は魔の森の向こう側だったり、高い山で陸路を行くのは厳しかったりする国ばかりだ。

海を渡るって手もあるんだろうけれど、この国ではろくな造船技術、航海技術が発達していないらしい。海に出なくても、やっていけるから必要なしとして発展していないのかも。

「レラ⁉　話聞いてる？」

「え？　ごめん、聞いてなかった」

「もう！」

コーニーがふくれ面だ。ごめんて。彼女の隣に座るシーラ様が、笑いながら教えてくれた。

「学院の成績優秀者に選ばれた話をしていたのよ。おめでとう」

「レラ、よく頑張ったね」

サンド様にも祝われて、何だかじんわりとする。ああ、自分、頑張ったんだなあって、今頃実感したよ。

「それに、最後の最後に凄い見世物があったのよ！」

コーニー、見世物って……いやまあ、あれは確かに見世物だけど。

「何があったの？」

訝《いぶか》しむシーラ様に、コーニーは興奮気味に伝えた。

「デュバルの、もう一人の子、いるでしょう？　あの子が自分の成績をレラが盗んだって言いがかりを付けたんですって」

「まあ」

「ほう？」

おう。シーラ様とサンド様の目が据わってる。

「それでね。レラの担任教師が熊所長に依頼して、総合魔法で腕比べをしようって事になったの」

「それが、見世物？」

「ええ。あの子、魔法の腕はまったくね。あれでよく勝てると思ったものだわ」

コーニーが言う通り、リボンちゃんの魔法の腕前は普通かそれよりちょっと落ちるくらい。決して、総合魔法で一位を取れる腕ではない。

「それで？　レラはどんな魔法を見せたの？」

シーラ様の問いに、コーニーがうっとりしながら答えた。

「綺麗だったわよお。指先に生み出した炎を、蝶に変えて空に放ったの！　青空に消えていく炎の蝶は、とても美しかったわ……」

褒めてもらえて光栄です。頑張った甲斐があったわ。

話は再び、成績の話になった。学年で上位十人に入ると、成績優秀者と呼ばれるんだって。

「これで来年の二月が楽しみね。今から支度をしておかないと」

「え？　支度？」

何の？　首を傾《かし》げる私に、侯爵一家がにんまりと笑った。

「冬休み前の学期末試験で成績優秀者に選ばれると、翌年二月にある国王主催の舞踏会に招待されるのよ」

「ほえ？」

シーラ様の説明に、思わず変な声を出してしまう。

ぶとうかい？　打《ぶ》とう会とか、武闘会とかじゃないんだよね？　あれか？　男女で組になって踊るやつ？

「社交界デビュー前の子でも招待されるから、特に一年と二年の学期末試験は激戦になるのよ」

「そうなの⁉」

何それ知らない。てか、コーニー、教えてくれなかったよね？　じろりと睨《にら》んだら、ペロリと舌を出された。

「だって、レラに教えたら試験の手を抜きそうだったんだもん」

「ああ、レラならあり得るね」

「コーニー、よく読んだな」

ちょっと、ロクス様にヴィル様まで！　いや、確かに知っていたら点数取らないように計算したかもしれないけど……。

「レラ」

「はい！」

シーラ様から名前を呼ばれて、つい背筋が伸びる。

「来年冬の学期末試験、手を抜いたら承知しませんからね」

「はい……」

これはもしや、来年の学期末試験の点数が悪かった場合、手を抜いたと思われるって事？

来年の私、頑張れ……。


冬の休暇に入った翌日。王都に来てからあまり外には出ていないので、街中をまだ見て回っていない。一度外出したけれど、途中で色々あったからノーカンだ。

「という訳で、四人で王都を見て回ろうか」

そう笑うのはヴィル様。そーですね。一人で出歩いて、うっかり迷子になったのがここにいるもんな……あれ以来、一人で出歩くなって言われてたので、外出していなかったんだよ。

本日、私とコーニーはお揃《そろ》いコーデにしている。冬で寒いから、蜘蛛《くも》絹のブラウスに厚手のウールのスカートとジャケット、それにコートを羽織った。

帽子とブーツも色違いでデザインは一緒。コートも上着もスカートも、魔の森産のウールをたっぷり使ってる。

これ、ペイロンにいる時に毛糸だけ採取しておいたやつ。いくつかアスプザット侯爵家に送ったんだけど、まさかこういう形で返されるとは。ありがたい事です。

魔の森は、羊の魔物もたくさん出るんだ。角と毛皮、お肉が取れるので大変おいしい獲物……魔物である。

髪型も二人共お揃いのおさげ。長さは私の方が長いけど。無精してカットをサボっていたら、腰の辺りまで伸びてるよ。

侯爵邸から、商店が集まる商業地区の入り口までは馬車で送ってもらった。帰りも、時間を決めて迎えにきてもらうんだって。

「おお」

商業地区は、王都の西側にあって大きな広場を中心に広がっている。広場の中央には大きな噴水が三つ、等間隔に並んでいた。

「噴水の前は、特に大きな商店があるのよ」

「へー」

「広場に面した店は、どこも品質のいいものを提供しているんだ。路地に入ると、ちょっと怪しいけど面白いものを扱ってる店もある」

「よせ、ロクス。そんな事を言うと、レラが興味を示して……遅かったか」

そうか、怪しい店か。それは楽しみ。ヴィル様がロクス様に何か言ってるけど、気にしない気にしない。

「さあ、まずは二月の舞踏会に向けて、いくつか店を見て回りましょ！」

えー？　そういうのって、出入りの商会があるんじゃないのー？　わざわざ見て回らなくたって……。

「何か、言いたい事でも？」

じろりと睨まれて、反論出来ませんでした。コーニーには勝てませんて。

広場の店を見て回って、お腹が空《す》いたら出店で軽食を買って食べ歩き、路地の小さめの店を見る。

いやあ、楽しいねえ。

「あ、ねえ、あの細工綺麗《きれい》」

「本当だ。銀かな？」

「路地裏なのに、いい腕の職人がいるんだなあ」

「隠れた名店かもしれないぞ」

四人であれこれ言いつつ歩くのも、また楽し。コーニーは途中の店で、アクセサリーの加工を頼んでいた。あの真珠、私のお土産だわ。

他にも、普段使い出来そうな軽い装飾品や、布地や靴、帽子などを見て回る。そうして両腕一杯の戦利品を抱えて侯爵邸に戻ったら、困り顔のシーラ様が待っていた。

「どうかしたの？　お母様」

「それがね……先触れもなく、第三王子殿下がいらっしゃっていて……」

はい？　思わずコーニー達と顔を見合わせる。

「誰か、約束していたか？」

ヴィル様の問いに、三人で首を横に振る。シーラ様も、先触れもなくって言っていたもんね。

コーニーがこちらを向いて聞いてきた。

「レラ、確か教養クラスが一緒よね？　何か言われていなかった？」

「特に何も……あ、冬休みは王都にいるのかって確認されたくらい？」

「え？　まさかそれ？」

　まさかね？


「やあ、ローレル嬢、お邪魔しているよ」

　本当にいるよ、王子様。応接室とはいえ二人きりはよくないという事で、アスプザットの兄妹《きょうだい》も同席してくれている。

「ようこそおいで下さいました、殿下。殿下をお待たせした事、また、ろくなおもてなしも出来ません事、心よりお詫《わ》び申し上げます」

　全員を代表する形で、ヴィル様が挨拶《あいさつ》をする。うん、表向き詫びを入れてる言葉だけど、裏を返すと「先触れ出しとけや」って事だよね、これ。

　普通、貴族間でもよほど親しい間柄でない限り、「いついつ行くね」「了解、もてなしの準備しとくわー」って連絡は必須《ひっす》なのに。

　それをやらずにいきなり「来たぞー」とやる家は、出禁になっても文句は言えない。

　でも、さすがに王族となると……ねえ。

　と思っていたのに。

「兄君方にも、後で私の方から詫び状をお送りしておきます。この場はこれにて、お許し願いたく」

これって「お前のやらかし、兄ちゃん達に報告しておくからな！」って事だよね？　ヴィル様！やる気満々！

王子様の兄君といえば、王太子と第二王子。どちらもヴィル様、ロクス様と同学年で仲がいいんだって。気のせいか、王子様の顔が引きつってる。

「い、いや、それには及ばない。知らせもなく訪れた私が悪いのだから」

「いえいえ、いかなる事情があろうと王族の方々を歓待出来ないとあれば、我が家の名折れにございます」

「いや、本当に」

そんな感じで、ヴィル様と王子様の間でやり取りがあり、最終的には王子様が涙目になって終わったというね。

「今度いらっしゃる時は、ぜひとも事前にお知らせ下さい。本日の失態を取り返すべく、侯爵家を挙げて歓待させていただきます」

「う、うん……そうするよ……」

玄関先までお見送りした王子様に、ヴィル様のとどめの一撃。王子様、半べそなんですけど。

その後、本当に詫び状という形の「弟をちゃんと躾《しつ》けろや！」という怒りのお手紙を兄王子達に送ったらしく、お二人からの「しっかり躾け直す！」という返事がきたとヴィル様に見せてもらった。

相変わらず、アスプザットの兄妹って強いわ。

第四章　事件ですよ

短い冬休みはあっという間に終わり、新年が明けて数日、再び学院での生活が始まった。

ただいま昼食の時間。私はコーニーと一緒に食堂に来ている。

「珍しい事。レラの方も、お友達が個別食事会に招かれてるなんてね」

「本当にねー」

個別食事会というのは、貴族学院内の食堂に設置された個室を使う食事会の事。要予約で費用もお高めだけど、個室での食事を堪能する事が出来るんだとか。

大勢の人との食事が嫌だっていう坊ちゃん嬢ちゃんの望みを叶《かな》える為《ため》に設《しつら》えられたそうだけど、現在ではちょっと違う使い方もされてるらしい。

いわゆる、親同士の付き合いがある子供達同士で交流しましょう、という場に使われるそうな。そういうのを、個別食事会って呼んでるんだって。

で、私の友達ランミーアさん達や、コーニーのお友達のセイリーン様達が、今回別々の個別食事会に同時に招かれたって訳。

なので、あぶれた私達で一緒に食事を、という事になったんだけど……。

「どうしてロクス様もいるの?」

食堂の入り口でばったり出くわし、そのままの流れで一緒のテーブルにいるよ。

「いちゃ悪かったかな？」

「いえ、そういう意味ではないんですけど……」

「お兄様がいらっしゃると、周囲の女子生徒の視線が鬱陶《うっとう》しいのよ」

あー、コーニーがばっさり言っちゃったよ。甘いマスクに神秘的な黒髪と緑の瞳《ひとみ》。ヴィル様とは違う意味で目立つし、モテてるんだろうなあとは思ったけど、本当に女子生徒の視線が怖い。

そういえば、ランミーアさんもロクス様のファンみたいな事、言ってたっけ。

コーニーの言葉に苦笑を返すロクス様は、それでもこの場を立ち去る気はないらしい。いや、いいんですけど。本当にいいんですよ？

ただただ、周囲の嫉妬《しっと》の目がうるさいだけで。

「そういえばレラ。あれから殿下からうるさく言われていない？」

「ええ、大丈夫です」

あの王子様、冬休みの件以来、随分とおとなしくなっている。

「今では視線があっても気まずそうに逸《そ》らす程でして」

「はははは。兄君方からのお説教が余程効いたんだね」

「そのようです」

冬休み前までは、何かと絡んでこようとしてたけどねー。それがなくなったので、大分すっきりしてます。

いや、さすがに王族だから、やんわりあれこれ断るのも大変だったのよ。

ここは王子のお兄様方に感謝かな。その前に、そうなるよう手紙を書いてくれたヴィル様達に感謝しとこうっと。


そんな和やかな昼食も終わろうかという頃、事件は起こった。

「いい加減にしなさい‼」

女子の怒鳴り声が響いたのだ。びっくりだよ、街中の、庶民が入るような食堂ならいざ知らず、ここは貴族学院の食堂だ。

くどいようだけど、ここに在籍しているのは、全員貴族の坊ちゃん嬢ちゃん。なのに、淑女教育を受けているはずのお嬢様が、人前で怒鳴る？

騒動の中心は、私達のテーブルからは少し離れた場所、食堂の中央付近だ。ここの食堂は円形になっていて、中央には空間がある。

騒動の元は、そこにいるらしい。

そっと視線で訊《たず》ねると、兄妹《きょうだい》どちらも軽く頷《うなず》く。私達は既に食事は終えているので、そっと席を立って人垣の向こうが見える場所へ移動した。

中央にいるのは、女子三人組と男女一組の合計五人。男女ペアの方は、男子が前に出て女子をかばう格好だ。

女子三人組の方は、怒鳴ったと思われる女子と、その後ろで泣きそうな女子と、その彼女を宥《なだ》めている女子。

「あの後ろにいる金髪の方、王太子殿下のご婚約者であるシェーナヴァロア様だわ。ローアタワー公爵家のご令嬢よ。女子の監督生でもあるわ」

「怒鳴ったのは、第二王子ルメス殿下の婚約者、ロプイド侯爵家のベーチェアリナ嬢だね」

うお、王族の婚約者敵に回して何やってんだ？　あのペア。

いきり立つ女子……ロプイド侯爵家のベーチェアリナ嬢に対し、その背後からローアタワー公爵家のシェーナヴァロア嬢が宥めるように声を掛けた。

「アリー、落ち着いて」

「落ち着いてなんかいられませんわ！　ロアお姉様。私のお友達であるエーナがどれだけ苦しんだ事か！　そこの尻軽女《しりがる》にはわからないんだわ！」

おーい、お嬢様の口から凄《すご》い言葉が出て来たね。何となく察する事が出来たけど、もうちょっと情報が欲しい。

ふと、周囲が噂《うわさ》する声が聞こえてくる。魔法で耳の能力を上げちゃおうかな。一応、学院長からはお許し頂いているしー。

いや、あのどさくさ紛れの許可なので、多分屋根裏部屋の改造に限って……という意味だったんだろうけれど、私は「寮内で」とは限定しなかった。

つまり、ここで魔法を使って聴力アップしても、怒られる心配はない！　こじつけだけど。

で、聞こえてきたのが……。

「あの泣いてる子、アンニール伯爵家のデネーゼ様でしょ？　ほら、そこであの女をかばっているミネガン家の長男の婚約者よ」

「あのかばわれてるのって、リネカ・ホグター？　ホグター男爵家の」

「そう。引き取られたって庶子よ。本当に男爵家の娘かどうかも怪しいんですって」

「そこは親子判定くらいはしたんじゃない？　でも、所詮《しょせん》庶子よねぇ」

「母親仕込みの手練手管で、そこらの男子を食い物にしてるっていうぜ」

「おー、怖い怖い。でも、噂の女なら、ちょっとくらいは……」

「やめとけやめとけ。うちやお前のとこみたいな貧乏男爵家はお呼びじゃないってよ。金か爵位のある男でないと」

「あー、やだやだ。ここでも爵位と金かよ」

んー、つまり、シェーナヴァロア嬢が宥めている女子の婚約者を、あのかばわれている女子……リネカ・ホグターが寝取ったと。

で、この騒ぎ。やだ、学院って爛《ただ》れてる！

「レラ、何一人で百面相してるの」

やべ、ロクス様に見つかった。

「どうせ魔法を使って何か知ったんでしょう？　私達にも教えなさい。あ、防音の結界を張るのは忘れないでね」

コーニー、相変わらず手際のいい事で。私の性格をよく知っているとも言うけど。ささっと結界を張って、先程聞いたばかりの話を二人に教える。

「なるほど、じゃあ、あれが噂のリネカ嬢なのか」

「ロクス兄様、噂ってどういう事？」

「まあ、それは色々。そろそろ止めないとだね……あ」

ロクス様の視線を辿《たど》ると、今し方食堂に入ってきたばかりの集団が目に入った。

「こんなところで、何をしている？」

そう声を掛けたのは、キラッキラの人こと王太子だ。そしてその後ろには以前王都で迷った時に送ってくれた黒騎士とチャラ男、彼等《ら》に並んで何故《なぜ》かヴィル様もいる。

「これは！」

「王太子殿下……」

騒動の中心の人達も驚いた様子だ。そりゃそうだね。いくら貴族が通う学院とはいえ、既に卒業したはずの王太子がいたら、びっくりだ。

王太子は食堂に入ってきて、まっすぐ自身の婚約者の下へ向かった。

「ロア、そちらの令嬢は大丈夫かい」

「ええ。デネーゼさん、落ち着きましたか？」

「は、はい。お見苦しいところをお見せしてしまい、申し訳ございません、殿下」

「いや、よい。さて、道々色々と話が耳に入ったのだが。事はお互いの家が絡む。早急に関係者の家族を呼びだし、話し合いの場を設けるとしよう」

王太子の言葉に、騒動の中心人物達は皆従うつもりらしい。ただ一人を除いて。

「え？　ええ？　そんな、親を呼ぶなんて。そこまでの問題じゃないでしょう？　ただのちょっとした恋愛のもつれじゃない」

慌てているのはリネカ嬢。いや、デネーゼ嬢とあんたをかばっていた男が婚約状態にあったのなら、そりゃ婚約継続不可と見なされて破棄もしくは解消になるでしょうよ。

その場合、家同士の問題に移るから、親を呼ぶのは当然。もつれっていうなら、恋愛じゃなくて痴情じゃね？

慌てているのも、抵抗しているのもリネカ・ホグター嬢のみ。彼女をかばった男は、うなだれて王太子が連れてきた騎士……赤地に金の装飾が入る制服って事は、近衛《このえ》だね。彼等に連れられて行った。

「え？　ええ？　どうして？　私、何も悪い事していないのにいいい！」

婚約者がいる男を寝取ったら、悪い事でしょうが。一応オーゼリアにも、その辺りの法律はちゃんとある。有責になった場合、相手に損害賠償を行う必要があるんだけど。知らないのかな。

最後まで騒いでいたリネカ・ホグターの姿が食堂から消えて、やっとこの場は平穏を取り戻した。

とはいえ、あちこちで噂話に興じてる人ばかりだけどねー。

で、今。私達は食堂の端でヴィル様にお説教されてます。

「こら。お前達まで見物客になるとは何事だ？」

「いやあ」

「騒動があったら、止めるのが監督生の役目だからさ。いつ出ようかと迷ってたんだ」

「食堂でいきなり怒鳴り声、それも女子のものが聞こえたら、誰だって驚くでしょう？　騒動の元を確認しようと思っても、当然だと思うわ」

三者三様の言葉に、目の前のヴィル様からは深い溜息《ためいき》が漏れる。ヴィル様だけでなく、王太子もいる場だからねー。

「だからと言ってだなあ――」

「アスプザット、少しいいか？」

口を開いたヴィル様の背後から、声が掛かった。あ、あの時の黒服。

「ああ、何だ？」

あら？　ヴィル様の対応がぞんざいだ。普段は誰にでも気さくに対応するのに。

この黒服、何かあるの？　訝《いぶか》しんで見ていると、黒騎士が一歩こちらに近寄ってきた。

「そちらの令嬢を、正式に紹介してほしい」

令嬢？　コーニーの事？　思わず、ヴィル様とロクス様、私の視線がコーニーに集中する。

「……妹をか？」

「違う」

え？　まさか……今度は三兄妹の視線が私に集中した。え？　何で？

もしや、以前王都で迷子になった時に、送ってもらった事かな。お礼は言ったけど、お礼の品とかは贈ってなかったな、そういえば。

え……それをなじられるとか？

ちょっと及び腰になっていたら、ヴィル様が私をかばうように前に出てくれた。

「……そういえば、前に王都で彼女が迷子になった際、フェゾガンとネドンが送ってくれたそうだな。改めて、礼を言う」

「それはいい」

黒騎士、ヴィル様の顔をじっと見る。無言で「紹介しろ」と圧力をかけているようだ。あ、黒騎士の後ろで王太子が興味深そうにこちらを見ている。

黒騎士の圧に屈したのか、それとも王太子殿下の手前うやむやに出来なかったのか、ヴィル様が諦《あきら》めたようだ。

「……こちらは、現在私の父が後見人を務めているローレル・デュバル嬢だ。レラ、こちらはフェゾガン侯爵家嫡男のユーイン卿《きょう》」

「ユーイン・サコート・フェゾガンと申します。以後、お見知りおきを」

紳士の礼と共に、手をさっと取って甲に口づける。途端、周囲から黄色い声と破裂したような悲鳴が上がった。そういやここ、人が多い食堂だったね。

でもこれ、そんなに悲鳴を上げるような事か？　普通の貴族の挨拶《あいさつ》なんだけど……とはいえ、周囲の視線が怖い。

そういえば、目の前の彼は随分と容姿が整っている。つまり、女子に大変人気があるという事だね。しかも侯爵家の人間。結婚相手としてはかなりの優良物件だ。そりゃ睨《にら》まれもするか。

そろそろ女子からの視線で穴が空きそうだから手を引きたいのだけれど、がっしり掴《つか》まれていてちょっとやそっとじゃ放してもらえそうにない。

でも、なんかこの礼、長くね？　たっぷり三秒は経《た》ってるんですけど。手を引くのも、マナー違反だしなあ。

私はまだ社交界デビューしていない、いわゆる子供扱いの年齢だ。でもそこは学院生。準成人と見なすらしいよ。なので、こういう礼もされるし、マナー違反をしたら評判が落ちる訳だ。

どうしたもんかと思ったら、ようやく終わった。あのー、手を放してほしいんですが。まだ握ったままだよ？　私は自分の手を見てるけど、頭のてっぺん辺りに痛い程視線を感じる。

「……フェゾガン、いつまでレラの手を握っている」

「失礼」

ようやく、黒騎士は手を放してくれた。ふと気付くと、周囲はしんと静まりかえっている。

悲鳴を上げられるのも困るけど、静かすぎるのも怖いわ……。

あの後、食堂にいた生徒が騒ぎすぎて収拾が付かないって事で、王太子の手により私達は別室に連れてこられた。

案内された部屋に入ったら、先程まで激高していたベーチェアリナ嬢と、シェーナヴァロア嬢もいる。

「ロア、すまないが、彼等を少しの間匿《かくま》ってやってくれ」

「それは構いませんが……どうかなさったんですか？」

「ユーインがしでかした」

「まあ、珍しい事」

王太子とシェーナヴァロア嬢との間は良好のようだね。手を口元に当てて優雅に笑う姿は、深窓の令嬢という言葉がぴったりだ。

「さて、私はあちらの方を見てこないとならない。ヴィル、ユーイン、イエル、行くぞ」

「は！」

王太子に連れられて、ヴィル様達は行っちゃった。残されたのは、お嬢様二人と私達の五人。

「どうぞ、お座りになって。学院ではあまり顔を合わせる事はありませんね、コーネシアさん」

「そうですね。学年も違いますし」

「僕は同じ監督生でもあるから、顔馴染《なじ》みですね」

「まあ」

そっか。二人はお嬢さん方と知り合いなのか。

あー、でもコーニーは女子寮で一緒だし、ロクス様は先程本人達が言ったように監督生繋《つな》がりがある。知り合いでも不思議はないんだ。

「こちらは、ローレルさん……で、いいのよね？　私はシェーナヴァロア・セユサーヤ・ローアタワー。公爵家の娘で、レオール殿下の婚約者でもあります」

「ローレル・デュバルです。お初にお目にかかります」

「ベーチェアリナ・ヴェヘレア・ロプイド。侯爵家の娘です。先程は、見苦しいところを見せてしまったわ……」

「いえ、お気になさらず……」

うう、空気が重い。この場には、先程ベーチェアリナ嬢が背にしていた令嬢はいない。多分、王太子が言っていた「あちらの方」にいるんだろう。

それにしても、どうしてこの二人があの令嬢と一緒にいる事になったのやら。予想としては、あの令嬢とベーチェアリナ嬢が仲がよく、令嬢の涙にベーチェアリナ嬢のたがが外れたんじゃないかな。

で、ベーチェアリナ嬢の暴走をシェーナヴァロア嬢が抑えようとした結果、巻き込まれたってところじゃないかと。今はおとなしいけれど、食堂にいた時のベーチェアリナ嬢はなかなか雄々しかった。

コーニーも気になっていたらしく、どストレートに質問している。

「あの、シェーナヴァロア様。先程の事は、伺ってもよろしいのかしら？」

シェーナヴァロア嬢も、聞かれるのは当然と思ったらしい。

「そうね。向こうでも話をしているでしょうけれど、あなた達にも伝えておきましょう。といっても、あそこで話していた事が殆《ほとん》どなのだけれど」

どうもあの場で、ベーチェアリナ嬢がミネガン伯爵家子息ショーグ・ラバロット相手に色々言っていたっぽい。覚えがないのは、私が周囲の噂話を聞くのに集中していたからかも。

それはともかく、あの女子をかばっていたなよなよ男子は伯爵家のボンボンなのか……。

「先程まで一緒にいたミネガン家のショーグ卿とアンニール伯爵家のデネーゼ嬢は親の決めた婚約者同士なの。貴族ですもの、家同士の関係が先に来た婚約は珍しくないわ」

シェーナヴァロア嬢は深い溜息を吐《つ》いた。

「学院に入ってしばらくは、二人の関係も良好だったそうよ。それが――」

「あの女のせいです！」

シェーナヴァロア嬢の言葉をひったくる形で、ベーチェアリナ嬢が叫ぶ。まだ、大分激高しているらしい。

「あの女が学院に入ってきてから――」

「アリー、本当に落ち着いて頂戴《ちょうだい》。あなたがそんなに興奮したままでは、ルメス殿下も困ってしまわれるわ」

穏やかだけれど、つい聞き入ってしまう力のある声だ。ベーチェアリナ嬢も、我に返っている。

「……申し訳ありません、ロアお姉様」

「いいえ、それだけ、お友達であるデネーゼさんが大事なのでしょう？　よくわかります。リネカ嬢は、他にも多くの問題を起こしている人だから」

あー、そういえば、食堂で盗み聞……周囲の噂を聞いてる時に、そんな話が出たねー。

「確か、リネカ・ホグター男爵令嬢だよね？　三年の終わりに編入してきた、変わり種と聞いてるけれど」

ロクス様も知ってたんだ。まあ、監督生という立場上、編入生なんて存在は記憶に残っていても当然か。

貴族学院という性質上、編入生なんて殆どいないから。

「ええ、ロクスサッドさんの言う通りよ。ホグター男爵の庶子で、つい二年程前まで市井で暮らしていたのですって。そのせいか、貴族の礼儀や約束事に疎いらしく、その、度々問題を起こしていたようで」

「ロアお姉様、言葉を濁す必要はありませんわ。あの女、学院に入ってすぐにあちらこちらの男子を誘惑したのよ！　家が男爵位で財産も少ないからって、伯爵位や実家が裕福な男子ばかり見繕っているんだわ！」

「アリー、口が悪いわよ」

「でも、本当の事です」

その辺りは、あの場での噂話にも出ていたっけ。

「学院には貴族の方ばかりがいるでしょう？　しかも社交界に出てしまったら、そうそうお声も掛けられない身分差がある方もたくさんいらっしゃる。それで、毎年色々とおいたをする生徒はいるのだけれど……」

「リネカ嬢は、群を抜いているという事だね？」

「ええ、残念ながら」

待って。毎年いるの？　あんな騒動起こす生徒。やだわー、本当に貴族学院、爛《ただ》れてるわー。

「家でしっかり躾《しつ》けられていれば、婚約者のいる身で他の女子に目がいくような事はないと思うけれど」

「紳士な殿方ばかりではないという事ですね」

ロクス様の意見を、シェーナヴァロア嬢がばっさり切った。たおやかで触れたら折れそうなお嬢様だけど、それだけじゃないんだね。さすがは未来の王妃様。

ロクス様、ちょっと目が泳いでるよ。まさか、心当たりがあるとか言いませんよね？　コーニーの目が冷たく感じるんですが。

話を聞くと、件《くだん》のリネカ・ホグター嬢の餌食になったのは、伯爵位以下の家の男子が殆どなんだって。比較的身軽な男子達って事だ。

侯爵位の男子にも粉を掛けてたそうだけど、さすがに高位の家の男子は家名を背負っているところがあるので、なびかなかったそうな。

伯爵位の男子も殆どはなびかなかったそうだから、今回落とされたあの男子は周囲からの評判が最悪になるだろう。

「今回の件、どうなると思う？」

ロクス様からの質問に、シェーナヴァロア嬢はしばらく考え込んでから答える。

「……おそらく、デネーゼさん側からの婚約破棄になるでしょうね」

「当然です！」

「アリー……それと、これも推測ですけど、ショーグ卿は廃嫡されるんじゃないかしら」

「彼は長男だったっけ」

「ええ。すぐ下に弟さんがいらっしゃるから、そちらが次の後継者になるでしょうね。こんな事を言っては何だけれど、どうも弟さんの方が出来がいいという噂よ。貴族学院も、飛び級で既に卒業してらっしゃるそうだし」

そう言ってウインクしながら笑うシェーナヴァロア嬢は、可愛《かわい》いけれど小悪魔っぽく感じる。うん、やはり王妃になる人は、一筋縄ではいかないんだ。多分。

「……もしかしたら、デネーゼ嬢はその弟御との婚約がまとまるかもね」

ロクス様の言葉に、部屋の中の誰もが驚く。兄がダメなら弟って、そんなのありなの？

女性陣の驚きの視線を受けて、ロクス様が苦笑する。

「だって、家同士の政略結婚だろう？　だったら、兄でも弟でもいいんじゃないかな？　今回の件で、デネーゼ嬢のショーグ卿への評価は最悪だろうし、もし想《おも》いを寄せていたとしても冷めた頃じゃない？　だったら、次の後継者である弟御と結婚するのも、手だと思うよ」

「確かに、家としてはその方がいいでしょうけど……弟さんがどんな人物かわかりませんもの……」

「まあ、あくまで僕の推測だから」

「そう……ね、推測ですものね」

ふふふほほほと二人が笑い合う中、残りの三人はなんとも言えない思いでいた。

まあ、仮にそうなったとしても、デネーゼさんの傷心が癒えるまでは、待ってあげてほしいなあ。

そんな事を考えていたら、部屋の扉がノックされた。顔を出したのは、王太子一行だ。

「おや、盛り上がっているね」

王太子、この微妙な空気をそう理解したのなら、ちょっと表でお話ししようか。いや、嘘だけど。つかつかと室内に入ってきて、さも当然というようにシェーナヴァロア嬢の隣に腰を下ろした王太子に、シェーナヴァロア嬢がにこやかに聞いた。

「殿下、あちらはどうなりまして？」

「それぞれ個別に話を聞いて、今日は帰したよ。三人の家にはこちらから連絡を入れて、後日学院に来るように通達したし。本番は、その時かな？」

王太子、にやりとするのはやめて下さい。腹黒が顔を出して、悪役っぽいですよ。後ろにいるヴィル様も、顔をしかめてるじゃないですか。黒騎士とチャラ男は我関せずだ。

王太子の言葉は正しい。本番は双方の親が来た時だね。政略結婚がダメになるんだから、当然家同士の契約云々《うんぬん》が絡んでくる。さて、渦中のリネカ・ホグターはどうなるのやら。

王太子はシェーナヴァロア嬢と直角の位置に座るベーチェアリナ嬢に向いた。

「アリー、悪いがデネーゼ嬢の事を気に掛けてやってくれ。同学年で部屋の近い君の方がいいだろう」

「もちろんです！」

王太子はベーチェアリナ嬢の返答に一つ頷《うなず》くと、隣のシェーナヴァロア嬢を見る。

「ロア、君はアリーが暴走しないよう、見張っておいてほしい」

「承りましたわ」

「ちょ！　お姉様⁉」

「アリー、お友達が大事なのはわかりますが、もう少し周囲を見るようにしましょうね？」

「……はい」

さすがのベーチェアリナ嬢も、王太子とシェーナヴァロア嬢には敵《かな》わないらしい。

「さて、我々はこれで」

そう言って席を立つ王太子に、シェーナヴァロア嬢が声を掛ける。

「そういえば殿下、本日は何故学院へ？」

「ああ、ただの叔父上のご機嫌伺いだよ。最近頭を抱えたくなるような事が立て続けに起きてるから、愚痴の一つも聞こうかと思ってね。彼等はその道連れだ」

「まあ」

そうか、ヴィル様道連れか。

「ヴィル様、お疲れ様です」

「ありがとう、レラ。そういえば、お前達、午後の授業は……」

「遅刻ですね」

やべー。騒動ですっかり頭からすっぽ抜けてたわ。午後は選択授業なのに。熊の激怒する姿が目に浮かぶ。いや、今回に関してはニヤニヤ笑いかな？

「私は選択の乗馬だわ。後で挽回《ばんかい》出来るので、問題ありません」

「僕は剣だ。こっちもまあ、何とかなるよ」

コーニーとロクス様はさすがです。この流れで、ヴィル様の視線がこちらに向いた。

「レラは？」

「……総合魔法の授業、です」

「ああ、熊の……まあ、頑張れ」

「うう」

どうして、よりによって熊の授業の時にこんな騒動が起こるかなあ!? もう午後一番の授業は半分以上すぎてるし、今から行っても無意味だろう。サボりですな。

そして次の総合魔法の授業の時、熊に笑われるんだ……くそう。

「あら、ローレルさんは、総合魔法の授業では成績がいいのではなくて？」

「確かに。成績優秀者にも選ばれているし、総合魔法は学年一位だろう？ うちの弟が負けて悔しがっていたよ」

シェーナヴァロア嬢と王太子が驚いている。てかあの王子様、悔しがったのか。

確かに魔法は得意だ。でも、そうじゃないんだよ……これをどう説明するべきか。

「お二人共。そういう事ではないんですよ」

「今の総合魔法の授業を担当している教師は、ペイロンの魔法研究所の人間なんです。それで、僕らや彼女とは昔からの馴染みでして」

「あの人、すぐレラの事をからかうんです」

アスプザット兄妹による説明でした。ありがとうございます。話を聞いた王太子もシェーナヴァロア嬢も、微妙な顔をしてるよ。あ、よく見たらベーチェアリナ嬢もだ。
くー　何か、凄《すご》く悔しい！

食堂の騒動から三日後、三つの家の当主が学院にやってきて、話し合いがもたれたという。アンニール伯爵家、ミネガン伯爵家、そしてホグター男爵家だ。

そしてその翌日から、ミネガン家の嫡男とリネカ・ホグターの姿は学院から消えていた。

私とコーニーが昼食時、個別食事会に招かれたのは更にその翌日にあたる今日でーす。ちなみに、招待してくれたのは王太子とシェーナヴァロア嬢、それにヴィル様。

……なんだけど、何故か白黒騎士もいるよ。護衛ではなく、食事の席につくらしい。

こっちはロクス様とコーニーと私。ベーチェアリナ嬢はいないんだね。

「まずは、食事にしようか」

個室で振る舞われる料理は、食堂のそれとはメニューからして違うらしい。普通に侯爵邸でいただくような食事です。前菜、スープ、魚料理、ソルベ、肉料理、デザート。最後のカフェ・プティフールはデザートと一緒になっているらしい。

食堂だと、普通にスープと魚か肉、パン、カフェ・プティフールという簡略式だ。とはいえ、学校の食堂と考えると、凄い贅沢《ぜいたく》だと思うけど。

一通り食事が終わって、今はそのデザートとコーヒーが出されているところ。本日のデザートはチョコレートケーキなりー。

実はこのチョコ、魔の森でとれるんだぜ……しかも地球のカカオとは違い、発酵がいらないというね。他にも色々食べられるようにする為の工程があれこれ違うけれど、味と香りはチョコレートまんまです。おいしい。

見た目オペラっぽいケーキを、ちまちまといただく。

「さて、では騒動の顛末《てんまつ》を話そうか」

おっと、本日のメインはこれですよ。おいしい昼食をいただく事ではなかった。

一応、半端な形とはいえ巻き込まれた側なので、王太子自らその後を教えてくれるらしいよ。

「まずは騒動の中心、リネカ・ホグターだが、学院を退学、社交界からは家共々追放となった」

ほほう。でも、社交界からの追放って、あるの？　首を傾《かし》げていたら、コーニーがそっと教えてくれた。

「要するに、どこからも社交行事の招待がもらえなくなるって事。うっかりホグター家に招待状を送ったりしたら、その家も同じ扱いになるからどの家も招待しなくなるわ。もちろん、王家もね。招待されない以上、社交場に出ても誰にも話しかけてもらえないし、話しかけても無視される。それじゃあ、『社交』にはならないでしょ？」

つまり、追放と言っても何かをする訳ではないんだ。でも、逆に怖いわ。社交界、何て恐ろしいところ！

「大分不満を口にしていたがな。学院の風紀を乱す行動は、十分退学理由になる。何せあの女が絡んだ婚約解消話は、三件以上あるんだから」

凄い数だな！　わかっているだけで三件って事？　それとも、三件以上は確実にあるって事？　あの男爵令嬢、凄腕じゃね？

妙な方向に感心していたら、ヴィル様が嫌そうに口を開いた。

「ちなみに、ペイロンとも関係があるニード男爵家でも、嫡男がリネカ・ホグターの毒牙《どくが》にかかっていたそうだ」

「え」

思わずロクス様、コーニーと一緒に声が出てしまった。ニード男爵家って、ペイロンの魔物素材を扱っている家だよね？　コーニーの友達であるイエセア嬢の実家、ゴーセル男爵家も大きな商会だけど、取り扱う量が違う。

ニード家は国外にも販路があって、しかも魔物素材を専門に扱う商会を持っている。その分、ペイロンとは付き合いが長いし深いんだ。

そのニード家にもしもの事があると、ペイロンとしても大打撃かも。

「とりあえず、ニード家の方は何とかなった。というか、させた。だから安心していい」

ヴィル様に言われて、私達はほっと一息。その辺りの詳しい話を、王太子がしてくれた。

「ニード家は、嫡男ラッヒとリラー子爵家令嬢パレシナ嬢の婚約を解消。それと共にラッヒを廃嫡し、長女でありラッヒの妹であるリュシーナ嬢がニード家を継ぐ。そのリュシーナ嬢に、リラー子爵家から長男セウロ卿《きょう》が婿入りする。リラー子爵家は、ラッヒに嫁ぐはずだった長女パレシナ嬢が跡を継ぎ、彼女の婿は来月解禁の舞踏会シーズンに、陛下がお選びになる事が決まった」

ちょっと頭がこんがらがりそう。えー、本来結婚するはずだった男女が婚約破棄し、男性は廃嫡、女性は嫁に出るのではなく、婿取りをして実家を継ぐ事に。で、廃嫡された男性の妹が、婿取りするお嬢様の弟を婿に迎えて一件落着。

これ、リラー子爵家が丸儲《まるもう》けじゃね？　跡取りを他家の婿に出すのは惜しいかもしれないけど、息子の縁でニード家に大きな影響を与えられるだろうし、娘には国王のお声掛かりで婿が来る。

まあ、ニード家の長男が全面的に悪い婚約破棄だから、当たり前か。

「リラー家は、随分とうまく立ち回りましたねえ」

チャラ男が、グラスを掲げて笑う。誰が見ても、そう思うよねえ……。

「その分、家も令嬢も本来負わなくて済む傷を負ったのだ。その程度のうま味はあってもよかろう」

「まあ、殿下ったら」

王太子の言葉に、シェーナヴァロア嬢が窘《たしな》める。彼女の表情は心配の色が濃い。

「パレシナ嬢は現在三年生。来月の舞踏会で社交界デビューです。その前に、こんな事になるなんて。本人が気を落としていなければいいのだけれど」

「確かにな。それにしても、リネカ・ホグターというのは、本当に普通の男爵令嬢なのかね。他国の諜報員《ちょうほう》と言われても私は信じそうだよ」

ああ、ハニトラ要員ですか。確かに、男を誑《たぶら》かす腕だけはよさそうだもんなあ。まあ、高位貴族には通用しなかったみたいだけど。

と思ったら、チャラ男がとんでもない提案をした。

「いっそ、彼女を我が国のそういう機関にでも紹介しますか？」

対する王太子は、凄く嫌そうな顔だ。

「やめておけ。少し話を聞いたが、あれは我々の手に余る。ああも人の話を聞かないのでは、制御など出来まい。自分に処分が下される場だというのに、こちらにすり寄ってきたぞ。しかも、訳のわからない事を言いながら」

「訳のわからない事？」

シェーナヴァロア嬢の言葉に、王太子が何かを思い出しながら答えた。

「コウリャークがどうとか」

ブフォ！　飲んでたコーヒー噴いたよ！

「大丈夫？　レラ。どうしたのよ、急に」

心配そうに聞いてきたコーニーに、どうにかこうにか返事をする。

「な、何でもない……です」

でも、内心はバックバクだ。だって、こうりゃくって、攻略だよね⁉　しかも日本語だったし！

もしかして、ここって恋愛ゲームの世界なの⁉

えー……全然知らなかった。そういや、ゲームはもっぱらロールプレイングゲームばかりで、恋愛シミュレーションとか手を出してなかったわ。

つか、それにしては攻略対象がショボいな！　普通は王太子とか公爵子息とか大聖堂関連のお偉いさんの息子とか、騎士団長の息子とか！

まあ、この国の神官は妻帯禁止だし、騎士団長も四人いるしねえ。あ、王太子には粉かけたのか。あっさり躱《かわ》されてるけど。

いやいや、今注目すべきはそこではなくて。

もしかしなくても、リネカ・ホグターも転生者？　でもこれ、ここで言う訳にはいかないよなあ。

「アンニール家とミネガン家だが、こちらも表向き婚約は破棄だ。ミネガン家も嫡男がリネカ・ホグターに惑わされた為、廃嫡、退学が決定している。アンニール家のデネーゼ嬢は、しばらく休学するそうだ。現在は領地で静養中との事らしい」

デネーゼ嬢は、このまま進級するまで学院を休むかもしれないんだって。その間は、家で家庭教師を雇い、そちらと学院とのやり取りで、進級に必要な単位を取得する方向らしい。

このまま学院にいても、噂の的になるだけだから。そういう意味では、リラー子爵家のお嬢さんもそうなんだけど、あちらは人前での騒動にはならなかったから、そのまま学院に残るんだって。

あれ？　って事は、ベーチェアリナ嬢のやった事って、余計なお世話？

でも、あの騒動がなければリネカ嬢はそのまま学院に残っただろうし、そうすると更に被害者が増えたかもしれない。そう考えると、あの騒動は必要だったんだよ、うん。

一人納得していたら、ロクス様から王太子に質問が飛んだ。

「殿下、表向きは婚約破棄だと仰《おつしや》いましたが、実はそうしないという意味ですか？」

答えたのはシェーナヴァロア嬢です。

「表向きというのは、実は水面下でミネガン家の次男とデネーゼさんとの婚約話が進行しているからなの。これはデネーゼさんが了承すれば、という前提付きなのだけれど」

おお、ロクス様の言った通りになったよ。確かに、貴族の結婚は家同士の利益が絡む場合が多いからね。それに、ミネガン家は次男の方が出来がいいって、シェーナヴァロア嬢も言っていたし。

既に飛び級で学院を卒業している次男は、本来学院の四年生で、デネーゼ嬢と同い年。しかも、シェーナヴァロア嬢によれば、次男もこの話に乗り気だという。

「アリーの話によると、次男であるギーアン卿はデネーゼさんを大切に想っているそうなの。だからこの話が出た時に、アリーがデネーゼさんにぜひそうした方がいいと言ったくらいで……」

ベーチェアリナ嬢……デネーゼ嬢を心配する気持ちはわかるけど、ちょっと首を突っ込みすぎではないかね？

シェーナヴァロア嬢もコーニーも同意見らしく、女子三人で苦笑いしてしまいましたよ。

「君達に関する辺りでは、これくらいかな。他にもダメになった縁組みの仕切り直しなど、しばらく王宮も振り回されそうだ」

やれやれといった風の王太子。お疲れ様です。

無事個別食事会は終了し、私達は授業へ。教室に行く道すがら、ロクス様がぽつりと呟《つぶや》いた。

「今日もユーイン卿が来ていたね」

ユーイン……？　ああ、黒騎士か。何か、コーニーがこっちを見てニヤニヤしてる。

「……何？」

「ううん、何でも。そういえば、ユーイン様って社交界でもとても人気の方なんですってね」

あー、やっぱり。食堂での騒ぎは、ある意味当然だったのか。確かにイケメンだもんな。

「兄上によれば、ネドン家のイエル卿の方が人気だそうだよ」

ロクス様が横から意見を言ってくる。

「あら、あの方少し軽薄ではなくて？」

コーニーはチャラ男がお気に召さないらしい。辛口の評価が出てきた。

「そういうところが、モテるんじゃない？」

「社交界の方々の趣味って、わからないわ」

ぷんすかしているコーニーに、ロクス様は肩をすくめるだけ。コーニーの理想って、ヴィル様だからなあ。ブラコンなコーニーです。

◇◇◇

時は事件当日まで遡《さかのぼ》る……。

弟達と別れた後、王太子殿下と共に学院の廊下を歩く。不意に、殿下から声が掛かった。

「ヴィル、考え事か？　これから叔父上のご機嫌伺いだというのに、暢気《のんき》な事だな」

「いえ……」

「ユーイン達は王宮へ戻って、今回の騒動を父上に報告しておいてくれ。後は我々だけでいい」

「は」

フェゾガンは異論なく承知したが、ネドンの方は一言忘れずに言っていく。

「殿下、今更ですけど、それ、我々の仕事ではありませんよ？」

「騎士団入りたてなんてのは、まだまだ下っ端だろう？　今は私に貸し出されている雑用係だとでも思え」

まあ、大抵はこうして殿下に切り捨てられるのだが。それでも「なるほど」などと納得した風を装って、丁寧な礼まで返してくる。

こういうところがまめで女にモテるのだろうな。顔立ちだけならフェゾガンの方が引く手あまたとなりそうだが、あいつは如何《いかん》せん愛想がなさすぎる。

「ではな。行くぞ、ヴィル」

「はい」

短く返して、殿下の後を追った。

現在、私は期間限定で王太子レオール殿下の側近をしている。というか、その真似事《まねごと》か。

本来なら、侯爵家嫡男として家の仕事を覚えなくてはならない身だが、ご本人から是非にと乞われては拒否出来ない。何せ我が家は王家派閥だからな。

王家をお支えし盛り立てる事をよしとする家の集まり、その頂点にいるのが我がアスプザット侯爵家だ。そこの長男である私が、王太子からの要請を無下には出来まい。それに、私自身この方の側《そば》にいる事をどこかで望んでいるんだと思う。

学院生時代から何かと行動を共にする方ではあったが、何と言うか、人好きのする方なんだよな、殿下は。おかげであれこれこき使われる毎日だが。

とはいえ、これはこれで面白い人脈が築けるので、将来の為にはなるだろう。親から引き継ぐ繋《つな》がりもあるけれど、今後を考えるならより手を広げるべきだ。

これは両親と話し合った結果でもある。いやしかし、まさかそれで学院に連れてこられ、弟達が騒動に巻き込まれる事になるとは。

いや、あれは全てフェゾガンが悪い。何だあいつ。普段は無愛想で女性に対する礼儀もなってないのに。

レラに対しては、珍しくも紳士の礼を執るとは。いつもなら、女性に対して紹介を頼むなんてこと、しないはずなんだが。

「ヴィル、眉間《みけん》に皺《しわ》が寄ってるぞ」

いつの間にか、しかめ面をしていたらしい。殿下の前でしていい顔ではなかった。

「申し訳ありません」

「あの従姉妹《いとこ》殿の事か？」

「レラなら、従姉妹ではありませんよ。もっと遠い親戚《しんせき》になります」

正確には、母方の遠縁で、母の曾祖母《そうそぼ》と現デュバル伯爵の曾祖母が姉妹だったとかなんとか。

おかげでデュバルとの付き合いは今では最低限だという。我が家も、ペイロンも。

だが、レラは三歳からペイロンで育った「身内」だ。あの子に何かあるなら、ペイロンはもちろんアスプザットも全力で事に当たる。

アスプザットとペイロンは、同派閥に属しているという以上に親密な間柄だ。無論、母がペイロンの出身という事もあるけれど、その前からの付き合いが深い。

あの領を田舎と馬鹿にする者もいるけれど、それは周囲が見えていない愚か者だけだ。

何故、ペイロン伯爵である伯父が、先触れもろくに出さずに陛下に会う事が出来るのか。重要な舞踏会や夜会で、必ず開始当初に陛下が伯父に声を掛けるその意味。考える頭があれば、王家に頼りにされている家だとわかるものを。

デュバル家当主は、典型的な考えなしの部類だな。未《いま》だにペイロンを田舎貴族と侮っているのだから。

それだけではない。現在進行形で愚かな行動を取り続けている。

レラを家から追い出したのはまだいい。あの子はあのままデュバル家で育つより、ペイロンで養育された今の方が幸せだから。

だが、王都に戻ったレラを蔑《ないがし》ろにし、レラと庶子を入れ替えようとした行動は許せん。

大体、正常な思考の持ち主がやる行動ではない。露見しないと、本当に思ったんだろうか。だとしたら、王宮を甘く見すぎだ。

おっと、レラといえば、目の前を行く方の弟も、何やら絡んできたなあ。

「そういえば、弟君の件では早々の対応、感謝いたします」

「う……いや、あれに関してはこちらの不手際というか……」

困ってる困ってる。兄として弟は可愛いのだろうが、王家も巻き込む問題に発展しているレラの実家を思うと、頭の痛い事だろう。

こちらとしては、早めに対応してもらったおかげでレラの物思いの種が減ったのでよしとする。

「まったく、シイニールも何を考えて彼女に近づいたのか……」

「兄君や叔父君に話を聞いて、救いたいとでもお思いになったのでは？」

子供らしい、英雄願望の表れじゃないか？　こちらとしては迷惑でしかなかったが。大体、レラの方があの王子より対応能力は高い。

伊達《だて》に魔の森で魔物狩りに明け暮れていた訳じゃないのだよ。その辺り、第三王子も色々と見誤ってるよなあ。

私の言葉に嫌味の棘《とげ》を感じたか、殿下が恨みがましい目でこちらを見た。だからといって、相手をする訳ではない。これも、学院生時代からの事だ。

私が第一に守るべきは、殿下の弟ではないし、ましてや殿下の弟君に対する思いでもない。王家をお支えする事。そして、家と領民を護《まも》る事。それが私の為《な》すべき事だ。

殿下をお支えするのも大事な事だが、正直弟君の事は私の管轄ではない。弟を叱るのは、兄である殿下の役目だろう。

しばらくいじけた様子で前を歩いていた殿下が、いきなり足を止めた。

「……ユーインの奴《やつ》、本気だと思うか？」

嫌なところを突いてくる。折角忘れようとしていたのに。

「……あえて聞きますが、何の話ですか？」

「ローレル嬢の事だよ」

「ああ、珍しくも紳士の礼儀を守っていましたね。その割には、手を放すのが大分遅れていましたが」

しっかりレラの手を掴《つか》みおって。叩《たた》き落としてやろうかと思った。

「おいおい、同級生に訪れた春の兆しだぞ？　素直に祝福してやれよ」

「他の女子相手なら、いくらでも祝福しますよ。ですが、レラはダメです」

「……お前、ユーインの事が嫌いだもんな」

嫌いなのではない。相性が悪いだけだ。あの何を考えているのかわからない仮面のような顔が、どうにも好かない。

まあ、それだけではないけれど。

「殿下。あの娘の事情は殿下もよくご存知《ぞんじ》のはずです。実家を継ぐべきフェゾガンを、レラの相手には出来ません」

「そこは何とでもなるだろう？　侯爵はまだお若いし」

「いいえ。ダメです。レラの相手には、最低でも魔の森の深度四は越えてもらわないと」

「ヴィル……お前は何という無茶を……」

殿下が呆《あき》れた顔でこちらを見てくるが、これだけは譲れない。

大体、レラ自身が深度四まで行くんだぞ？　伴侶《はんりょ》となる男がそれに付き合えなくてどうする。

そのくらいなら自分も入れるので、この目で色々確認出来るのもいい。もしフェゾガンがたわけた事を言ってくるなら、ロクスと一緒にその辺りを攻めてみるのもいいだろう。

レラを可愛がっているコーニーも、きっと乗ってくるに違いない。

フェゾガン、魔の森の魔物は、甘くはないぞ？

学院長室では、部屋の主《あるじ》が頭を抱えていた。食堂での騒動の報告が届いたのだろう。

「お疲れ様です、叔父上」

「ああ、殿下。いやまったく、今年はどういう年なのか……」

学院長がそう言いたい気持ちもよくわかる。学院は若い貴族の子女が集まる場所だからか、毎年何かしらの騒動は起こるものだ。

だが、今回の騒動はその範疇《はんちゅう》を超えている。

「リネカ・ホグターは、相当厄介な存在のようですね」

「既に三つ、結婚の話が消えた」

「それはまた……」

それが全てリネカ・ホグターの仕業だとしたら、余所《よそ》の国が送り込んだ間諜《かんちょう》ではないかと疑いたい。それ程、ある意味「腕がいい」のだ。

「中でもニード男爵家の問題は厄介だ」

「え」

ちょっと待て。ニード男爵家って、聞き覚えがあるぞ？　ペイロンの関係者じゃないか？

内心焦っていると、学院長がこちらを見た。

「知っての通り、ニード男爵家はペイロン領産の魔物素材を扱う商会を持っていて、かなり手広くやっている。そこに事業提携を持ちかけたのがリラー子爵家だ。その証《あかし》として組まれた婚姻だというのに……」

「という事は、ニード男爵家の？」

「よりにもよって嫡男が毒牙《どくが》にかかったそうだ。おかげでリラー子爵家との提携は頓挫《とんざ》しかねない。いくら金を持っていても、男爵家と子爵家では家格が違う。ニード家が潰《つぶ》されかねん」

しまった、かなりの大事だこれ。ニード家は男爵家だけど、手広い魔物素材の商売で知られている家だ。扱う量は国内随一。

ペイロンから産出される魔物素材はデュバルで加工され、ニードの手で売りさばかれる。その販路は国外にも及んでいて、余所の家では太刀打ち出来ない。新たにいくつか参入している家もあるけれど、扱う量と質が段違いだ。何せ付き合いが古いから。

そんなニード家が潰れたら、ペイロンやアスプザットはもちろん、国も大打撃を被る。魔物素材の売買にかかる税金は、他の品よりも高いんだから。

だが、そんな事情も家の体面の前にはもろくも崩れ去るのが貴族というもの。

リラー家としては、娘が恥をかかされたという事実しかない。そうなれば、家の面目にかけて娘の名誉を取り戻しにくるはず。

その結果として、ニード家が潰される可能性が高い……と。何せ、リラー家の方が爵位も家格も高い子爵だからな。子爵家の怒りは相当だろう。

「ニード家とリラー家、他に婚姻に使えそうな駒はいないんですか？」

「ヴィル、もう少しオブラートに包んだ言い方をしないか」

殿下はそう言うけれど、これが一番わかりやすいだろうに。貴族家の子供なぞ、所詮《しょせん》は駒だ。自分もそうだと思っているし、弟達も同じだと思う。

ただ、その駒には感情があるので、出来れば幸せな結婚をしてほしいとは思うけれど。

渋い顔の殿下に、学院長は鷹揚《おうよう》に笑った。

「構わんよ、ここには私達しかいない。にしても、駒か……確か、リラー家には長女の下に長男がいたはずだ。ニード家にも、今回問題を起こした長男の下に、長女がいる。年回りも丁度いいと思ったが……」

丁度いい駒がいるじゃないか。

「では、その弟をニード家に婿入りさせては？」

「だが、リラー家の跡取りだぞ？」

そこは手がある。

「跡取りはリラー家の長女、本来ニード家に嫁ぐはずだった令嬢に婿を取らせるのもありでしょう。何なら、陛下のお声掛かりとかで、いい相手を見繕ってはいかがでしょう。家格が上の家の次男、三男辺りを薦めるのも手ではありませんか？」

私の提案に、学院長が乗り気になった。

「ふむ……それでリラー家に恩を売れれば、王家としても、もしもの時に使える手札になるな」

それに、今回の騒動を押さえ込んでニード家を存続させられれば、ニード家のみならずペイロンにも恩を売れますよ。遠くはうちにもだけど。

殿下、そこで渋い顔していますが、こういう話は本来、あなたの口から出ないといけないんですがねえ。まあ、今回は身内に影響が出る危険性があるので、出しゃばらせてもらいましたが。

それにしても殿下、自分だって親に決められた相手と結婚するのに、他人がそうなのは嫌なんですか？

とはいえ、シェーナヴァロア嬢との仲は良好のようだし、どちらかといえば、政略で用意された相手に一目惚《ひとめぼ》れした人だからな、この人。

おかげで頭の中が割と恋愛色になりがちだ。先程のフェゾガンの事も、その辺りからの発言だろう。ムカつく。

考えがまとまったらしい学院長が、大変いい笑顔でこちらに向き直った。

「ニード、リラー両家に関する話はまだ決着がついていないから、私から陛下にそれとなく進言しておこう」

「お願いします」

学院長がいけると思ったのなら、多分平気だ。自分のような若造が言ったところで「青二才が何を言う」と鼻で笑われる程度だから。王宮のしたり顔したジジイ共め、今に見てろよ。

それはともかく、ここは一つ、学院長の王弟という立場を遺憾なく発揮していただきたい。でないと、ニード家が潰れてしまう。そうなると、うちもペイロンも困るから。いや、本当に。

こちらの話が一段落したとみて、殿下が学院長に尋ねた。

「それで、叔父上。今回の食堂での騒動はどうなりそうですか？」

「使者から聞いた限りだが、事情を聞いたアンニール伯爵が怒りで顔を真っ赤にしていたそうだ。おそらく、ミネガン家との婚約は潰れるな」

「ミネガンに、他に駒はいないんですか？」

つい、好奇心から聞いてみる。それにしてもミネガン……何だか、聞き覚えのある名前だな。あ！　飛び級して同期卒業した者の中に、そんな名前の奴、いなかったか？

と思ったら、学院長の口からそいつの名前が出た。

「ウィンヴィル君は覚えていないかい？　君と同期で卒業した飛び級の生徒、彼がショーグ君の弟のギーアン君だ」

「え？　兄を飛び越して、弟が先に卒業を？」

殿下、うちの学院、飛び級制度を取り入れてますよ。だから、やろうと思えばロクスも飛び級して一緒に卒業、とか出来たんだよなあ。あいつ、変なところで面倒臭がりだから、絶対にやらないけど。

まあ、殿下も下に弟がいる身だから、身につまされるものがあるのかもしれない。いや、うちの弟も優秀だから、わかると言えばわかる気持ちだ。

でも、弟が優秀だと嬉《うれ》しくないか？　うちの子、こんなに頭いいんだぞーって自慢しまくるけどな。余所は違うんだろうか。

殿下の言葉に、学院長が苦笑しながら答える。

「ミネガン家は、弟の方が優秀と評判なんだよ。ギーアン君は卒業した後、領地に移ってそちらの経営を学ぶという話だったが……」

使える駒は、有効に使わないとな。

「今回の件で、王都に呼び戻されるかもしれませんね」

正直、ミネガン家とアンニール家はうちとは派閥違いだから、関係が続いても壊れてもあまり影響はない。

とはいえ、あんな場面を見た後だとなあ。つい令嬢の方に肩入れしたくなってしまう。

もし、あれがコーニーやレラだったら……いかん、相手の首を切り落とすくらいじゃ済まさないかもしれない。

とりあえず、学院長も我々相手にいくらか愚痴をこぼした為か、少しは気が楽になったようでよかった。

にしても、これって殿下の仕事なのかね。いや、側近の真似事をしているだけの身なので、文句は言わないけど。

第五章　厄介な問題

光陰矢のごとし。時間はあっという間にすぎていくもんだと、知っていたはずなのに……。

「コーニー、どうしても行かなきゃ駄目？」

「駄目に決まってるでしょう？　主催者は国王陛下なのよ？」

「うう……」

ただいま、寮から出てアスプザット侯爵邸にお邪魔しています。ここで支度して、王立歌劇場へと行くのだ。

そう、本日は待ちに待っていない成績優秀者の為《ため》の舞踏会である。学院生が主役のこの舞踏会は、学院で優秀な成績を収めた生徒のみが招待されるというもの。

ええ、私もその一人ですよ。

ちなみに、コーニーもロクス様も成績優秀者に入ってた。当たり前か。ヴィル様も六年連続でトップを取ったって言ってたしなあ。

で、在校生三人の中で社交界に出入りしているのはロクス様だけ。といっても、生徒のうちは出席出来る場所は限られているそうだけど。

そのロクス様は、既に仕度を終えて玄関ホールにいる。

「今夜のエスコートは僕と兄上でするからね。僕がコーニーを、兄上がレラを」

「よろしくお願いします」

「それは兄上に言いなよ。そういえば、遅いね」

ヴィル様は王宮での仕事が長引いているらしく、一度こちらに戻って支度する予定が大分時間が押しているそうだ。間に合うのかな。

本日の私のドレスは、深い青地に銀糸で刺繍《ししゅう》を施したもの。コーニーは緑地に黒糸で刺繍がしてある。お互い、自分の髪と瞳《ひとみ》の色からだ。色違いだし刺繍の柄も違うけど、型は一緒。髪型もおそろにしたんだー。結ぶリボンの型まで揃《そろ》えてるよ。

ただね、決定的に違う箇所が……コーニーはシーラ様に似て、胸部装甲の値が高い。すなわち、既に結構なたわわ具合である。

比べて私は、胸部装甲が弱い。見事なツルペタ具合なのだ。……そういや、前世でも貧乳だったなあ。そんなところ、引き継がなくてもよかったんだけど。

その分、私の方がコーニーよりも身長が高い。あれだ、スレンダーって言えばいいんだな。ドレスも、若い子用のヒラヒラふんわり系ではなく、すっきりシャープにまとめてみた。

舞踏会とかは面倒臭いけど、これでも一応女なので、オシャレは純粋に楽しいんです。

私達の支度が全て終わって玄関ホールで出発を待っていたら、やっとヴィル様が帰ってきました。

「悪い！　すぐ支度する‼」

そう言って、慌てて自室に消えていきました。大丈夫かな……。

侯爵邸にも、ペイロンの研究所が作った給湯器やシャワーなどが設置されているので、使用人の手を煩わせる事は少ないそうな。普通なら、入浴だけでも水を汲《く》んで薪《まき》で沸かしてと重労働なんだって。

使用人の仕事を取ってしまったか⁉ と焦ったけど、大丈夫だったみたい。手が空いた分、他の仕事をしてるってさ。かえって肉体労働が減って助かるって声をもらってる。水汲みとか洗濯とかって、大変だからね。

出発ギリギリになって、ようやくヴィル様の支度が調ったようだ。お疲れ様です。

「いやあ、間に合わないかと思った」

馬車に乗ってすぐ、ヴィル様がそんな事をぼやいたので、つい口から本音が漏れてしまう。

「いっそ間に合わずに欠席になった方が……」

「レラ、まだそんな事を言ってるの？」

「いい加減に諦《あきら》めなよ」

コーニーとロクス様に窘《たしな》められたけど、諦められない！

だってさあ、ずっとペイロンで魔の森に入っていたんだよ？ 華やかな場所なんて向いてないし、きっと田舎者だって苛《いじ》められるんだ。

「レラのその妄想の元って、一体何なのかしらね？」

「おとぎ話かなあ？」

「ペイロンにそんなもの、あったか？」

相変わらず、アスプザットの兄妹《きょうだい》は容赦ねえな！　ちなみに、前世の記憶にうっすらあるラノベが元だよ！

王立歌劇場は、王都の中央やや北寄りにある。大通りからは少し奥に入るけれど、十分大きな通りに面している美しい建物だ。

外観にはいくつもの彫刻が並び、太い柱は古代神殿を思わせる。そこに、着飾った紳士淑女が入っていく姿が馬車の中からも見えた。

そして、今夜は私もその一人という訳。緊張するわー。

「レラ、背筋を伸ばせ。ここは華やかに見えるが、その実魔の森以上の魔窟《まくつ》だぞ？」

「そうだよレラ。魔物よりも怖い紳士淑女がいるからね」

「気を付けないと駄目よ？」

そんなに⁉　ああ、でもそう考えると、魔物をいなす方向で考えればいいのかな。ちょっと気が楽になった。

歌劇場に入ると、まずは控え室に案内される。今夜招待されている学院生は、成績優秀者だけ。たとえ社交界デビューしていたとしても、招待状は送られないそうな。

で、成績優秀者の入場は上の学年から順になって決まってるそうで、一度ここに全員を入れて並ばせるんだとか。

こんな入場の仕方は、この成績優秀者の為の舞踏会だけらしい。他にも、招待客を絞った舞踏会だから、少々のミスはお目こぼししてもらえるって。

ヴィル様は卒業生だけど、私のエスコート役という事で一緒に控え室へ。そうしたら、あっという間に他の生徒に囲まれちゃったよ。

「ヴィル様、凄《すご》いね」

「本当にね」

コーニーに耳打ちすると、嬉しそうな返事が返ってくる。大好きなお兄ちゃんだもんね。人気があるのは嬉しいよね。

あ、ロクス様も捕まった。二人共監督生だし、成績もよければ人望もある人達だからか、ここぞとばかりに群がられている。

ぐるりと室内を見るけれど、同学年以外に面識のある顔はいない。他にも、生徒ではないエスコート役の人がちらほらいる。

親族の人だったり、婚約者だったり。中には同じ成績優秀者同士で組んだ人達もいるね。

「シェーナヴァロア嬢とかいるかと思ったんだけど……」

「あの方とベーチェアリナ様は、王族に連なる立場という事で、別の控え室にいらっしゃるの」

ああ、そうなんだ。そういや、一組の王子の姿もないや。絡まれなくなったから、別にいいけど。

何だかなあ。あの王子が悪い訳じゃないんだけど、どうも受け付けない。何というか、現実ちゃんと見てるか？　って言いたくなる。

理想を追い求めるのはいいんだけどさ。それは許容出来る他の人に対してやってよって思っちゃう。

しばらく控え室でコーニーとおしゃべりしていると、入場時間になったようだ。控え室の出口の方で、名前を順番に呼ばれる。その度に、人が減っていく。

コーニーとロクス様は両方招待枠の生徒だけど、ロクス様が先に呼ばれるので、それに合わせてコーニーも控え室を出て行った。

「じゃあ、お先に」

「レラ、ヴィル兄様の言う事をよく聞いてね」

子供じゃないんだからさあ。とはいえ、最後まで嫌だとぐずったのは私だ。文句言えない……。

ロクス様から少しして、とうとう私達の学年も呼び出された。

「ローレル・デュバル嬢」

「はい」

「さて、行くか」

「よろしくお願いします……」

ああ、売られていく仔牛《こうし》の気分……脳内には有名な曲がぐるぐると回っているよ。

舞踏会会場は、歌劇場の客席部分を全て使っていた。この時の為に、座席を外しているらしい。

入場は、成績優秀者で列をなしていく。最初に主催者である国王に挨拶《あいさつ》して、それから所定の位

置につくんだって。

「何度も経験してるから、任せてくれ」

「お願いしますう」

ヴィル様がエスコート役で本当によかった。コーニーもロクス様も、それ込みでヴィル様にエスコートを任せたんだな。二人のサムズアップが見える気がするわ。ありがたや。

列は順調に進み、とうとう私の挨拶の番になった。挨拶といってもこちらが何か言う必要はなく、侍従が読み上げる名前に従って礼を執るだけでいいんだって。

「ローレル・デュバル嬢並びにウィンヴィル・アスプザット卿《きょう》」

私はヴィル様と並んで淑女の礼を。はー、これで義務は終わったー。

と思ったのに。

「ふむ、そなたがデュバル家の娘か」

「へ？」

ここで、話しかけられるなんて、聞いてないよ？　思わず気の抜けた声が出ちゃったじゃないですか。

目の前の席に座る国王は、年齢は四十そこそこくらい？　ちょっと苦み走ったイケオジですよ。アスプザット侯爵サンド様もイケオジだけど、国王はまたタイプが違うイケオジだね。

その国王が、哀れみを含んだ目でこちらを見ている。

「色々とあるだろうが、気落ちせずに励みなさい」

「は、はい、ありがとうございます」

何か、凄い微妙なんですけどー。国王の隣にいらっしゃる、おそらく王妃様も、可哀想《かわいそう》な子を見る目で見てるけど。

隣のヴィル様を窺《うかが》うも、視線を合わせてくれないし。エスコートされるまま、所定の位置まで向かう。

「……さっきのあれ、何ですか？」

「あー……多分、陛下も一言言いたかったんだろう」

だからって、予定にない行動をしないでほしい。パニック起こしそうになったじゃないか。

とはいえ、後はファーストダンスを終えれば、本日すべき事は完遂した事になる。

ああ、早く帰りたい。


さーて始まりました舞踏会。正直、ダンスは教養の一部として習ったくらいしか知らないんだけど。

そういえば、こっちのダンスはワルツが中心。誰だそんなものこっちに持ち込んだ転生者は！

おかげでヴィル様と対面で踊る羽目になりましたよ！

招待された生徒のファーストダンスは、当然エスコート役の人と。優雅な一時なんでしょうけど、何せ踊っている相手がヴィル様ですからねえ。

周囲からの嫉妬《しっと》の視線がビシバシ飛んでくる飛んでくる。

「お！　思った以上に踊れるな、レラ」

「ここ三日程、コーニーにしごかれたんです……」

ええ、授業終わりにロクス様と一緒に捕まえに来てね。ロクス様曰《いわ》く、この時期はダンスレッスン用の部屋が、成績優秀者の為に開放されてるからって。

なので、ロクス様を相手にダンスレッスンをしましたともさ。コーニーは必要ないくらいうまいので、私だけ。

「ロクス様の足を踏まないようにするの、大変でした」

「何だ、思い切り踏んづけてやればよかったのに」

「後でロクス様に言っておきます」

「ぜひとも目の前で言ってくれ。ロクスの反応が見たい」

ヴィル様、にやりと笑ってる。弟妹《きょうだい》思いの長男ではあるんだけど、その分悪戯《いたずら》も仕掛けたい人だからねえ。

コーニーなんか、毎度本気で怒ってるよ。彼女は本気で怒ると手が出るから、ヴィル様には生傷が絶えないのだ。ロクス様の場合は「仕方ないなあ」と言いつつ、忘れた頃に反撃しているけど。

ファーストダンスを踊り終わって、ほっと一息。これで今夜のミッションはコンプリートだ。

ふと見ると、王太子ペアや第二王子ペアも踊っていたらしい。いや、第二王子の顔は知らないけど、ベーチェアリナ嬢が一緒だから多分あの人がそうなんでしょ。

「これでもう何もしなくてもいいんですよね？」

「もう少し楽しもうって気はないのか？」

「いや、こういう場所を楽しめるような質《たち》じゃないんで」

何せ脳筋の里育ちだ。ヴィル様も知ってるくせにー。これは、からかいが入ってるな？

何か言い返そうと思ったら、脇から声が掛かった。

「失礼」

誰かと思ったら、黒騎士だっけ？　彼だ。今日は騎士服を着ていないから、仕事で来ている訳ではないらしい。それもそうか。今日の警護は近衛《このえ》の金獅子《きんじし》騎士団の管轄だそうだから。

会場のあちらこちらに、赤地に金の刺繍《ししゅう》が入った派手な制服を着ている騎士がたくさんいる。あれが金獅子騎士団だ。

近衛が警備に入っているのは、この舞踏会が国王主催だから。どこで開催するか、誰が主催かで警備の騎士団とかが変わるらしいよ。

黒騎士は本日、夜会服をびしっと着こなしている。鍛えているからか、スタイルもいいしこういう服も似合うねえ。

そんな黒騎士に対して、ヴィル様は相変わらず塩対応だ。

「……フェゾガンか。どうかしたか？」

「貴様に用があるのではない」

「ああ？」

ちょ！　ヴィル様、一気に柄が悪くなってますよ！　でも、ヴィル様に用じゃないって事は、もしかして……。

「ローレル嬢、一曲お相手願いたい」

私かよー。

「え？　ええと……」

思わずヴィル様を見上げる。こういう時、断ってもいいの？　それとも、申し込まれたダンスは全部受けなきゃ駄目なの？　それすらわかんないよ。

「フェゾガン、悪いがレラはこういう場には不慣れだ。よって本日のダンスはエスコート役である私とのみ――」

「不慣れというのなら、尚更《なおさら》受けていただきたい。練習相手だと思って」

「おい」

「ぜひ」

ど、どどどどどうしよう？　これ、断ったら相手に恥をかかせたとかで、問題にならない？

ヴィル様の背に、隠れちゃ駄目？

「あら、いいじゃない。お相手してらっしゃいよ、レラ」

コーニー!?　いつの間に隣にいたの!?

「コーニー、面白がるんじゃない」

「別にそんな事考えてませんわ。ヴィル兄様じゃあるまいし。フェゾガン様が先程仰《おつしや》ったように、これからレラだって社交の世界に入るんですから、少しはダンスに慣れなくては。あちらが練習相手にって仰って下さってるんだもの、受けない手はないわよ。ねえ？」

あー、駄目だ。コーニーに反論出来ない。

「別に、社交の世界に入る予定はないんだけど……」

「何事も経験してみるものよ。ではフェゾガン様。レラの事、よろしくお願いしますね」

「承った」

えー⁉　コーニーの手で、黒騎士に引き渡されたー！

そして再びフロアの中央へ。参ったなあ。実はアスプザット兄妹以外と踊った事って、ないのよね……。

コーニーともおふざけで踊ったっけ。あの時は男女パートそれぞれを踊ってキャッキャウフフとしてた記憶が。

ああ、現実逃避。黒騎士の手は「逃がさんぞ」と言わんばかりに、私の手を握りしめてるし。

私、この人に何か怒られるような事、したっけ？

……したな。王都で迷子になった時、どうも近づいちゃいけない場所にいたそうだから。あれから要注意人物と思われているのかも。

フロアに出ると、再び周囲からの視線が物理攻撃のように突き刺さる。これ、気のせいじゃないよね？　ビシバシ飛んでくるのですが。

しかも、ヴィル様とのダンスの時より、多くて鋭くないか？　踊り終わる頃には、満身創痍《まんしんそうい》になってそう。

ちらりと見上げる黒騎士は、平然としている。気付いていないという事はないだろうから、気にしていないんだな。

曲は先程とは違うけど、やっぱりワルツ。ぐいっと腰を引き寄せる腕が力強いのなんの。

細身に見えるけど、騎士というだけあって力が強かった。身長はヴィル様と同じくらいかな？でも肩幅は向こうの方があるから、全体的に黒騎士の方が細身に見える。

そして、彼はダンスが上手《うま》かった。私のようなへぼでも綺麗《きれい》に踊れている……ように感じるし。

実際周囲の目も嫉妬だらけだったのが羨望《せんぼう》に変わった。なんか、凄《すご》い。

周囲に意識を向けていたら、いきなり黒騎士に囁《ささや》かれた。

「不躾《ぶしつけ》な質問を許していただきたい。ローレル嬢には、現在婚約者はおられるか？」

「へ？」

こんやくしゃ？　……ああ、婚約者か。自分に関係ない単語だから、一瞬頭が理解を拒否していたよ。

「いいえ、おりませんが……」

そういうのは、普通は親が決めるって聞いた。でも、うちの親はあれだからねえ……いや、逆にとんでもない相手を連れてくる可能性がある。

今のうちに、実家と縁を切った方がいいかなあ。ペイロンでちらっと聞いた話だと、実家と縁を切る法的手続きがあるんだって。ただ、貴族の場合、親と縁切りをすると庶民になるので、やる人はもの凄く少ないんだそうだ。

私は庶民になっても、生活に困る事はないと思うんだ。今もそれなりに収入は得ているし。今度の夏、ペイロンに帰ったら伯爵に相談してみよう。

「父君とは、疎遠と聞きましたが、事実でしょうか？」

おっと、なかなかタイムリーな質問だ。考えが漏れてた？　まさかね。

「ええ、そうですね」

「アスプザットは、侯爵家があなたの後見人を務めていると言っていましたが」

「その通りです」

本来はペイロンの伯爵が後見人だけど、今はサンド様が私の後見人だ。正式に書類手続きも行っているので、実父でさえ手が出せないんだって。

それにしても、何でこんな事を聞かれるんだろう？　何かの尋問？　こんな質問されるような事、何かした？

問いただそうかと思ったら、曲が終わってしまった。黒騎士はダンスの最後の一礼まで完璧《かんぺき》にこなして、私をエスコートしたままフロアを出る。

目指す先は、ヴィル様達がいるところだ。うわー、ヴィル様が不機嫌。コーニーとロクス様は面白がってるよ。

そこに私を連れて黒騎士登場。ヴィル様、睨《にら》まないでほしい。隣にいる私まで不機嫌のオーラを浴びる事になるので怖いっす。

「やっと戻ったか」

「いやねえ、ヴィル兄様ったら。口うるさい父親みたい」

「コーニー！」

怒るヴィル様と、笑うコーニーとロクス様。周囲がびっくりしてこっちを見てるよ。ヴィル様、外では猫被《かぶ》ってるんだな。

「ではローレル嬢、またお会い出来る時を心待ちにしております」

黒騎士はヴィル様の目の前で、私の手の甲に挨拶《あいさつ》のキスを落として去って行く。その姿に、またしても周囲からの悲鳴が上がってるんですけどー。

そして、本日もキスが長いですよ。たっぷり三秒はしていて、終《しま》いにはヴィル様に蹴《け》られかけてたわ……。

「レラ！　あいつに何かされなかっただろうな⁉」

ヴィル様、本当に心配性な父親みたい。思わず笑っちゃった。

「ダンス中に何をするって言うんですか。……ただ」

「ただ？」

アスプザット兄妹が声を揃《そろ》える。

「何かあれこれ聞かれたんですが、あれ、どういう事なんだろう……」

「聞かれた？　何を？」

ヴィル様の質問に、ダンス中黒騎士に聞かれた内容を挙げていった。

「ええと、婚約者はいるのかとか、実父と疎遠というのは本当かとか、今の後見人がアスプザット侯爵家なのは本当か、ってところです」

「おい、それって――」

「まあ！　フェゾガン様は、レラに求婚するおつもりなのかしら⁉」

コーニーの言葉に、目が丸くなる。きゅうこん？　球根？　……違うか、求婚って、プロポーズって事⁉

「え……でも、私あの人に会うの、今回で三回……四回目？　だよ？」

「会った回数なんて、関係ないわよ！　恋はするものじゃなくて落ちるものなんですって！　素敵じゃない‼」

何故《なぜ》か浮かれるコーニーに、ヴィル様が雷を落とした。

「コーニー、いい加減にしろ。無責任な事を口にするものじゃない」

「あら、ヴィル兄様が怒る必要、ないじゃない。レラの結婚に関して、ヴィル兄様は何の関わりもないんだから」

「それでもだ！」

何だろう……本当にヴィル様が父親のように見えてきたぞ？

入場から始まった一連の舞踏会ミッション。ファーストダンスを無事終えて、ヴィル様以外の人とも踊るというハプニングもあったけど、何とかこなした。

これ、もう帰ってもよくね？

「駄目に決まってるでしょ。この舞踏会に関しては開始時間が早くて、その分終了時間も早く設定されてるの。だから、最後までいなきゃ駄目よ」

おおう。望みは絶たれた。

ただ、やらなきゃいけない事は全てこなしたので、残り時間は壁際の席で座っていてもいいそうな。

私が移動したら、コーニー達も全員ついてきちゃった。ヴィル様は本日のエスコート役だから側《そば》にいる、だって。

コーニーとロクス様は疲れたから少しお休みする為に。本当かな。

席に腰を下ろした途端、ヴィル様が呟《つぶや》いた。

「なーんか、ちらちら視線を感じるんだがなあ」

「兄上、視線って、もしかして……」

「いや、デュバルじゃない。てかあの親父《おやじ》、見かけてないぞ？」

ヴィル様、言葉遣いが大分崩れてますよー。侯爵家嫡男なのに、いいのかね。ロクス様が何も言わないから、いいのか。

にしても、父の姿がないとは。こういう場には、嬉《うれ》しそうにダーニルを連れてきそうなものなのに。

招待状がなくとも、パートナーとしての出席は認められたりするからね。でも、この舞踏会だけは別だっていうから、無理なのかな。

だけど、あの父なら無理を押し通して連れてきそうなものなんだけど。もしくは、一人で出席でもこちらに嫌味を言ってくるとか。

何か、あった？

「こんなところに固まっていたのか」

首を傾《かし》げていたら、声を掛けてきた人がいる。あ、王太子だ。隣には、シェーナヴァロア嬢もいる。

「ごきげんよう、皆さん。よい夜ですね」

相手は王族、しかも婚約者は学院の上級生。という事で、席から立ってご挨拶をする。

何故かそのまま、王太子ペアもこの壁際の席に腰を下ろした。

「今夜の主役の一部が、隅にいていいのか？」

「いいんですよ。うるさいのに絡まれかねませんから」

思わず「あんたもな！」と突っ込みたくなるような事を言ってきた王太子に、ヴィル様がぞんざいな返事をする。

王太子が、何やらニヤニヤしてるんですけど。

「それはフェゾガンの事か？」

「どこから見てたんですか？」

「そこの貴賓席だよ。あの時、周囲に人があまりいなかっただろう？　余計に目立っていたぞ」

「フェゾガンめ……」

ヴィル様って、王太子に気安いよね。同学年だったたってだけじゃなく、普通に仲がいいのかな。にしても、あのダンスの申し込み、見られてたのか……その実、ただの尋問をする為のダンスだった気がするけれど。

まさか、コーニーが言っていたような事があるとか、ないよね？　だって、何も知らない相手だよ？　しかも、向こうはヴィル様と同い年で、私はヴィル様の妹であるコーニーより年下だ。一つだけだけどさあ。

「で？　ローレル嬢、彼は君に何を言っていたんだ？」

そんなとこまで見ていたのか。王太子、侮り難し。でもなあ、これあまり言いたくないんだけど……。

「後見役の事とか、実父の事とか聞かれました」

「レラ、婚約者の有無も聞かれたでしょ？」

コーニー……黙っていてほしかったのにいいいいいい。途端に王太子の目がきらんて光ったじゃん！

「ほう？　ユーインが、ローレル嬢にそんな事を聞いたのか？」

「……はい」

「そうかそうか」

王太子、すっごく嬉しそうです。何で？

王太子の隣で、シェーナヴァロア嬢が大きな溜息《ためいき》を吐《つ》いた。

「殿下。先に申しておきますが、口を差し挟むのはおやめ下さいね」

「そ！　……そんな事は、わかっている」

おお、王太子がタジタジだ。これは既に尻《しり》に敷かれている？

「本当ですか？　お約束ですよ？」

「……わかった」

シェーナヴァロア嬢が念を押したって事は、口を差し挟む気満々だったんだな？　ヴィル様も、うろんな目で見ている。

それに気付いたのか、王太子が咳払《せきばら》いを一つした。

「ともかく、こういった事は本人同士の気持ちの問題だからな」

「いや、家同士の問題でしょうが」

王太子、早速ヴィル様に突っ込まれています。貴族の結婚って、家同士の利益で行う政略が殆《ほとん》どだからねー。

でも、ヴィル様の言葉に王太子が反論した。

「それだけとは限るまい。現に、私はロアを愛している」

臆面《おくめん》もなく言うなあ。隣のシェーナヴァロア嬢は頬を赤く染めているけれど。それでも、嬉しそうなのは見逃さない。いやあ、お熱い事で。

……何か、おばちゃんみたいな言い方になっちゃった。反省。

舞踏会は週末に行われたので、そのまま侯爵邸にお邪魔して一泊、翌日学院の寮へと戻った。

いつも通り部屋に戻ると、扉にちょっとした痕跡《こんせき》が残っている。

「んー？　これ、無理矢理開けようとしたな？」

屋根裏部屋の扉には鍵《かぎ》がなかったから、魔法鍵をつけてある。ついでに防犯目的として、扉全体に常時発動型の結界を張り、私以外の人間が扉を開けようとしたり、壊そうとしたらとある仕掛けが作動すると同時に録画と記録を残すようにしておいた。

両方共、ばっちり残ってんよ。

録画を見ると、最初は普通に開けようとしたみたい。一見、普通の屋根裏部屋の扉だから、簡単に開くと思ったのかな？　でも開かないから、怒って扉を壊そうとしたみたいだねえ。

映像の中の不法侵入者、制服のままだからリボンの色が丸見えだ。白って事は、三年生だね。ロクス様の学年かあ。

週末の日中は、寮に残っている人の数が少ない。皆王都に遊びに出るか、クラブ活動に勤《いそ》しんでいる。だから、多少の音を立てても気付かれないと思ったのか、随分と乱暴だ。

「でも、この顔、見覚えないんだけど」

他の学年の生徒も、寮や学院の食堂を利用する際見かける事があるから、学年違いでも見覚えはあるって人、結構いるんだけど……。

しばし考える。見知らぬ人間が、屋根裏部屋に来た。無事仕掛けも発動したようだし、今頃当事者には罰が下っている事だろう。

不法侵入をしようとした罰。それは、十日ほどお腹《なか》が緩くなる呪いである。呪いというか、魔法だね。結構強めに仕掛けているので、弾《はじ》く事は出来まい。

魔法への抵抗力が強いと、弱い術式を弾く人がいるそうな。それを見越して強めに仕掛けたんだよねえ。この扉の仕掛けを弾けるのは、熊かニエールくらいじゃないかなー？

それはともかく、起こったのはそれだけ。実害ないから、これは放っておこうっと。


屋根裏部屋に不法侵入されかけた日の翌日。放課後寮に帰ろうとしたところ、後ろから呼び止められた。

「あなた、一組のデュバルさんよね？」

「はい、そうですが……」

振り返った先には、見覚えのない女子が立っている。リボンの色は白。三年生だ。

「ちょっとお話があるの。ついてきてちょうだい」

ついてきてくれる？　じゃなくて、ついてきてちょうだい、か。多分、何かあるんだろうなあ。

もしかして、屋根裏部屋への不法侵入未遂の件かも？　折角放っておこうと思ったのにー。

連れて行かれたのは、実習棟の裏側。ここ、クラブ棟とは離れているし、運動場とも離れているから、放課後のこの時間帯、人がいないんだよね。

そうだ、何かあった時に証拠を残す為、制服のリボン留めに使っているブローチに仕込んだ魔道具を起動させておこうっと。

これ、屋根裏部屋の扉に仕込んだ魔法カメラと同じもので、見た目は制服のリボンにつけてるブローチにしか見えない代物。てか、ブローチそのもの。そこに小型カメラを仕込んでもらった。やー、研究所がいい仕事してくれましたよ。ブローチ送ったら、翌日には仕上げて送り返してくれたからね。あそこ、こういうの作るの好きな人達も多いんだ。新たなおもちゃ……失礼、魔道具制作のアイデアをありがとうとお礼まで言われちゃったー。

実習棟の裏には、やっぱり複数人の女子がいた。リボンの色から、全員上級生だとわかる。三年生と四年生の集団だ。

「ようやく来ましたのね！」

扇を片手に、ぷんすか怒っている女子を中心に、私を連れてきた三年生を含めて取り巻きが五人。見た途端、驚いた。メロンだ。メロンがいる。思わず視線が吸い寄せられるメロン。制服の布地を内側から盛り上げる、素晴らしき大きさ。

「……ちょっと、聞いてますの？」

コーニーも大きいけど、ここまでじゃない。凄《すご》いなー。メロンって、本当にいるんだ。

「先程から！　人の話も聞かずに一体どこを見ていますの⁉」

あなたのメロンです。とは言えないよなあ。視線を上げて顔を認識すると……誰だ？　これ。見た事ないや。

王都にいれば、親込みの付き合いや子供の参加するお茶会なんかもあって、同年代はそれなりに顔見知りにはなるらしいんだ。この辺りはランミーアさん情報。いつも助かってます。

でも私、王都にいなかったしー。お付き合いとかもなかったから、同年代ですらろくに知った顔がないよ。上級生となればなおさらだ。という訳で、この場にいる人の中に、見知った顔はない。名前知らないし、彼女の事はミスメロンと呼ぼう。大変わかりやすいニックネームだと思います。

「まったく、これだから田舎者は困るわ！　ねえ、皆さん」

取り巻き女子が口々にそうよそうよとはやし立てる。普通のお嬢様なら、泣いて逃げちゃうかもー。でも私、自他共に認める普通じゃないお嬢様だからー。

あ、よく見たら私の部屋への不法侵入未遂犯もいるじゃない。顔が青いけど、大丈夫？　トイレは我慢しない方がいいよ？　あ、お腹押さえちゃった。だから言ったのに。

あ、言ってないか。思っただけだわ。

とはいえ、ここで魔物相手のような魔力に物を言わせる対応は出来ないしねえ。大体、この人達、何でこんなに攻撃的なんだろう？

「あのー」

「何かしら？」

「どうして私、ここに呼び出されたんですか？」

あ、ミスメロンとその取り巻き達が、一瞬固まった。

「し、信じられないわ！　あなた！　何も知らずにここに来たというの⁉」

「ええ、まったく」

だって、見知らぬ上級生に「ついてきてちょうだい」って言われたから、素直についてきただけだし。

私の返答に、ミスメロンはわなわなと震えている。おお、きっとオーラが見えたら、彼女の背中には炎が燃え上がっていただろうね。

「あなたはねえ！　事もあろうにユーイン様に近づいたのよ⁉　あの方の迷惑も顧みず！　こんな罪深い事って、あるかしら⁉」

……誰ですか？　それ。近づいたって言われても、覚えがないんだけど。

首を傾げていたら、こちらの態度が気に入らなかったらしい。ミスメロンは、手にした扇を振りかぶった。そのままの勢いで振り下ろされたけど、その手を途中で掴《つか》んで止める。

「危ないですよ？」

「な……ななな」

お嬢様の鍛えていない腕で振り下ろされる扇程度の速度なら、魔法を使わなくても対処出来ます。

ええ、ペイロンで鍛えられたから。皆、不意打ちしてくるんだもんなあ。最初の頃はぽこぽこ当たって痛い思いをしましたとも。

もっとも、当てるのは子供用の柔らかい素材の棒だったし、本気で振ってこないから速度も緩めだったけど。

おかげで二、三年で躱《かわ》せるようになったし、その後成長と共に攻撃阻止、反撃まで出来るようになりました。人間、やれば出来るもんだ。

ミスメロンは私に掴まれた腕を外そうともがいているけど、外せなくて段々顔が青くなっている。

「扇でも、当たり所が悪ければ失明しかねませんよ。振り回すのは、お勧めしません。それと、後ろのそこの人、顔色悪いですよ？　我慢しない方がいいと思います。それ、薬では治りませんから」

何せ、私特製の魔法だからねー。解除魔法はあるけれど、放っておいても十日かそこらで消える術式だからなー。それに、あれは悪戯防止の為のトラップだから。簡単には解除しないよ。

とりあえず、解除云々《うんぬん》以外を淡々と説明したら、取り巻きのお嬢様連中共々、顔色が青を通り越して白くなっちゃった。

「た……」

「た？」

俯《うつむ》いたミスメロンが、何かを口にした。確認しようと思ったら……。

「助けてえええええ!!」

「ええー？」

ミスメロン、大声で叫びましたよ。それと同時に、お嬢様連中、ミスメロンを置いて逃げ出しちゃった。

「これ、どうしよう？」

ミスメロンは泣き出してその場にへたり込んじゃうし。置いて行ってもいいのかなあ。

結局、あの後偶然通りかかったロクス様によって、事態は収められた。ロクス様、本当に偶然？

「やだなあ、僕監督生でしょ？　校内の見回りを先生に押しつけ……頼まれてさあ」

半分本音が見えてますよー。ともかく、騒動になる前でよかったと思っておこう。

あの場でロクス様に見つけられた私とミスメロンは、そのまま職員室に近い空き部屋に連れてこられた。そこからミスメロンは一度治癒室に。私はこうしてロクス様に話を聞かれている。

「で？　レラ。あそこで彼女と何をしていたの？」

「本当はもう少し人数いたんですけど……これです」

ポケットに突っ込んだままの携帯映写機で、ブローチ型カメラに収めた映像を見せる。

「これはまた」

ロクス様が苦笑している。そうだ、ロクス様なら、知ってるかな。

「ロクス様、ミスメロンが言ってるユーインって人、誰でしょう？」

「その前に、みすめろんって、何？」

しまった。ミスもメロンもこっちじゃ通じないか……えーと。

「えーと、まくわ瓜《うり》の事です。まくわ瓜嬢ってとこですね」

「まくわ瓜……レラ、もしかして、彼女の胸を見てそう付けたの？」

バレたー。でも、あれは誰がどう見てもメロンですよねー。へらっと笑ったら、ロクス様が深い溜息《ためいき》を吐いちゃった。

「まあ、気持ちはわかるけどね。彼女はナリソン伯爵家のチェータソキア嬢だよ。その彼女、君に乱暴されたと言っていたんだけど？」

「全ては映像に残っている通りです。扇で殴られそうになったから、腕を掴んで止めました。まさか、それを乱暴されたとか言ってるんですか?」

どちらかというと、乱暴されそうになったのって私じゃね? ロクス様も同じ事を考えたようで、首を横に振っている。

「ペイロンで鍛えられてる君を殴ろうとは。命知らずだねえ、彼女も」

本当にねえ。でも、ペイロンがどういうところか、知らないいんだろうなあ。

「ペイロンの実態を理解していないんだと思いますよ。田舎者って言ってましたし」

私の言葉に、ロクス様が一瞬嫌そうな顔をした。多分ペイロンを田舎と馬鹿にされた事に怒ったんだと思う。

ロクス様も、ペイロンが好きだもんね。長期休暇の時なんて、嬉々《きき》として森に入るし。

「まあナリソン伯爵家そのものが、ペイロンとは付き合いがないから仕方ないのかも。当然と言えば当然か。ああ、それと」

「何です?」

「レラって、本当にユーイン卿《きょう》の事、興味ないんだね」

ロクス様がこう言うって事は、会った事はあるのか。

「誰なんですか?」

「この間の舞踏会で、ダンスを申し込まれていたじゃないか。ユーイン・サコート・フェゾガン卿だよ」

「ああ」

黒騎士の事か。それならそうと言ってくれればいいのに。いや、名前言ってたっけ。覚えていない私が悪いのか。反省。

「ともかく、この映像はこちらにもらっていいかな？　学院に報告しないと」

「いいですけど……その結果、ミスメロンはどうなるんです？」

「よくて退学、悪ければ修道院送りかな？」

わー。ミスメロン、やっちまったな。聞けば、これまでにも悪行を重ねていて、退学にリーチがかかってる状態なんだとか。

「彼女がやった事は、学院生同士の喧嘩としては度を超えている。今回もレラだから良かったものの、普通の令嬢なら怪我《けが》をしていてもおかしくないよ」

本当ですよねー。ミスメロンは、私がペイロン育ちの脳筋だった事をありがたく思うべきだ。


ミスメロンの処分は、割と早く決まった。退学である。まあ、リーチ状態だったから、当たり前と言えば当たり前なんだけど。

「父親であるナリソン伯爵から、抗議が凄かったそうだよ。娘が退学になるのが承服出来なかったらしい」

今日はロクス様とコーニーと三人での昼食。その席で、監督生権限で知ったミスメロンのその後を、ロクス様が教えてくれた。

「問題行動ばかり起こしていれば、退学になるのも当然だと思うわ。家庭内での躾《しつけ》が足りていない証拠ね。娘が娘なら、親も親だわ。いっそ、その場で決闘を申し込めばよかったのに。そうすれば、衆人環視の中で、相手を思う存分打ちのめせたわよ？」

コーニー、落ち着いて。別に私はミスメロンを打ちのめしたい訳ではないのだよ。無事……無事？　ミスメロンは退学になって、もう二度と顔を見る事はないんだから。

貴族学院を退学になるというのは大変な醜聞で、一発で嫁ぎ先がなくなるほど評判を落とす事になるんだとか。ミスメロン、色々な意味でやっちまったな……。

もちろん、社交界にも出られない。どこからも招待状をもらえないから。そうなると、貴族としては半分死んだも同然。貴族は、社交をして家を盛り立ててこそ、だってさ。

とりあえず、話題を変えよう。でないと、怒ったコーニーがテーブルを割りかねない。物理でも魔法でも、大変強い女子なのがコーニーです。

「そういえば、コーニー達は個別食事会とか、招かれないの？」

「どちらかというと、僕らは招く側かな？」

「家からは特に動かなくていいと言われているの。その分、学外での交流はきちんと取っているから、心配いらないわ」

個別食事会って、要は社交行事である昼食会のミニチュア版だ。親の代から続く交流を、子供世代でもしっかり繋《つな》いでいけよという事らしい。

アスプザットは、親は親、子は子と割り切ってるんだって。親の代の付き合いを踏襲してもいいし、子の世代の付き合いを大事にしてもいい。

ただ、家が所属する派閥の付き合いは忘れるな、との事。アスプザット侯爵家は、王家派閥のトップだから。

……一応、私の実家であるデュバル伯爵家も王家派閥なんだけどねー。派閥内では今や鼻つまみ者だってさ。

実父だけでなく、祖父も何やらやらかしていた模様。二代続けて無能が当主とか、伯爵家の未来は暗いな。

第六章　学院祭は大変だ

四月。貴族学院では、一大イベントが行われる。二月は舞踏会シーズンで学院生の半分は忙しい時期だから、それが終わってから行われるらしい。

「で、何があるの？」

私の質問に、コーニーがにこっと笑う。

「学院祭よ」

ほほう。貴族学院にも、そういうのがあるんだ。陽気がよくなる時期なのと、卒業生へのはなむけを兼ねてるそうな。なので、学院行事の中では一番華やかなんだって。

ちなみに、開催は四月の下旬。二月下旬の舞踏会シーズン終幕からはどこのクラブも全て準備に回されるらしい。クラブ活動をしていない生徒も巻き込まれるんだとか。

「まあ、毎年最終学年生が一番盛り上がるんだけど」

苦笑するロクス様。あれか、学院生活最後の思い出にって感じかね。去年のヴィル様も、はじけたのかなあ。容易に想像出来るわ。

今は放課後、クラブ活動をやっている人達は活動中の時間帯。学院の食堂で、コーニーとロクス様とちょっとしたお茶の時間を楽しんでいる。

この食堂、夕方まで開いていて、軽食や飲み物を出してくれるんだ。いわゆるカフェメニュー。クラブ活動でお腹空《なかす》かせた生徒の為《ため》らしい。スポーツ系は体動かすから、寮での夕飯までお腹もたないよね。

私の目の前で、ロクス様が優雅にお茶を飲んでいる。

「日頃学院で僕達がどう過ごしているか、保護者に見せると同時に、学院で学んだ事を発表する場でもあるんだ」

在校生の家族や親族を中心に、招待制で外部から客を入れるそうな。このチケットが、裏では高額で取引されるらしい。

こんなところにも転売する連中っているんだ……。

ちなみに、模擬店は出ないんだって。残念。まあ、学院祭の趣旨を考えると、そうなるわな。その代わり、王都の庶民に人気の屋台がたくさん来るらしいよ。それはそれで楽しみー。

生徒が参加するのは、剣の模擬試合とか、馬上槍《やり》試合とか。試合に参加するのは、クラブ活動よりも選択授業の生徒が中心らしい。

「レラがやってる弓も、そろそろ選手を募集する頃じゃないかな？」

「あー……明日、ちょうど弓の授業がありますよ」

「じゃあ、多分そこで話が出ると思うよ」

そうか……でも、弓の授業ではそこそこ程度の成績なので、選手には抜擢《ばってき》されないだろ。

弓も、他の模擬試合のように、的当てを披露するんだってさ。

「じゃあ、お嬢様な授業を選んだ人達って……」

「絵画や刺繍《ししゅう》は、作品を展示するのが主だよ。楽器演奏は、ちょっとした演奏会を毎年やるね」

なるほど。確かに、絵や刺繍の実技披露とか言われてもなあ。

一日体験コーナーとかあってもいいかもしれないけど、来るのが家族中心となると、皆貴族だもんね。女性は刺繍や絵画の経験者が殆《ほと》んどか。

よくよく聞いてみると、学院祭と言っても、文化祭よりも大がかりな授業参観に近いものかね。

あ、演劇だけは別で、クラブ主催で行うらしいよ。学院にある演劇クラブは全員女性で、しかも女子人気ナンバーワンだそうな。

おかげで、毎年入部希望者が殺到するので、入部倍率が凄《すご》く高いらしい。選考基準も厳しく、毎年入部出来なかった女子が涙する光景が見られるとか。どこのヅカですか。

「演劇も人気高いけど、学院祭一番の人気は、何と言っても騎獣レースだよ」

「何ですか、それ」

「選択授業で騎獣を選んだ生徒による、レースなんだ。特設会場を学院内に作って速さを競うんだよ。毎年見に来るファンまでいるらしい」

やばい。騎獣の授業、選択していますよ。でも、未《いま》だに私はろくに騎獣に乗れていない。だって、どの子も怖がって逃げるんだもん。逃げない子は恐怖のあまり固まって動かないし。

仕方ないので、乗れる騎獣が届くまで座学中心となりました。おかしい……。

一人遠い目をしている間も、兄妹《きょうだい》は楽しそうにおしゃべりしていますよ。

「騎獣レースって、やっぱり高学年が中心なの？」

「いや、そんな事はないよ。学年ごとにレースは行われるから」

「そうなの。レラも、騎獣の授業を受けてるわよね？」

コーニー……ここでそれを言うか。

「私は乗れる騎獣がいないので、多分レースにも出ないよ」

「そうなの？」

「騎獣が怖がって乗れないいんだろう。魔の森での経験が、悪い方に出たね」

ああ、なるほど。魔物を片っ端から討伐していたから。騎獣って、人慣れするおとなしい魔獣を飼い慣らしたものが殆どだっていうし。

「学院祭での発表や模擬試合、レースなんかは真面目に参加しておくのを勧めるよ。学年末試験に響くからね」

「そうなの？」

コーニーと二人でびっくりだ。なんでも、学院祭への貢献度が、そのまま学年末試験にプラスされるらしい。

「試験で高得点を狙いにくい生徒が、学院祭で頑張るのはここの伝統なんだ」

どういう伝統だよ。それと、試験を頑張れば祭り参加はしなくてもいいんですかね？　ダメですかそうですか……。

弓と騎獣、逃げられますように。

弓はなんとか逃げて、騎獣も最初から外されてましたー。やったね。

でも、落とし穴がありましたよ。総合魔法の選択授業が始まる前に、私の席に向かってきた奴《やっ》がいる。

「ちょっと！　どうしてあんたが学院祭に参加するのよ⁉」

リボンちゃんだ。彼女の背後には、こちらを睨《にら》む女子三人。いつの間にか、取り巻きを作っていた。その取り巻きを従えて、ふんぞり返っている。

「聞いてるの⁉」

「いいや？」

「な！」

聞く訳ないでしょうが。大体、参加するのかとはどういう事だ。学院祭は、在校生は全員参加って聞いたけど。いつの間に人を退学させてるんだか。

「あんたねえ！」

「教室で騒ぐのは、よくないと思うな」

おっと、脇から声が掛かったと思ったら、第三王子だ。王子の言葉に、リボンちゃんも背後の女子も黄色い声を上げる。

お前ら……今、王子に言われたのは注意だからな？　わかってる？　黄色い声を上げてる場合じゃないんだよ？

と思っても、リボンちゃん達の目は既にハート状態。ダメだこりゃ。

「君達、そろそろ授業が始まるから、席に座ったらどうかな？」

「は、はい！」

……まあ、連中がおとなしくなったから、いっか。第三王子はこっちを見てにこっと笑う。

助かったのは本当だから、軽く会釈しておく。

リボンちゃんの奴、何をあんなに騒いでいたのやら。溜息《ためいき》を吐《つ》いたら、熊が来たので授業開始。

「よーし、総合魔法の授業を始めるぞー。その前に、学院祭の開催が迫っているのは、知ってるな？」

ん？　学院祭？　まさか……。

「我が総合魔法でも、当日魔法の実演を行う事になった。出場者はこっちで決めたから、逃げられないぞー」

熊よ、こっちを見てにたりと笑うのはやめていただきたい。今にも大口開けて、頭から丸かじりされそうなんだけど。

そんな熊に、果敢にも質問する生徒がいた。リボンちゃんかよ……。

「はい！　質問があります‼」

「おお、ダーニル・デュバルか。何だ？」

「どうしてあいつが選ばれるんですか⁉」

リボンちゃんの言葉に、先程背後にいた女子生徒三人がそうよそうよと合唱する。他の生徒は
「何言ってんだ？　こいつ」状態。

あいつが指差しているの、私だからね。熊も、見事に同じ顔をしてるよ。

「そのあいつってのは、ローレル・デュバルの事で間違いないか？」

「そうです！」

「んー、じゃあ、聞くが、総合魔法の成績が上位の人間、十人名前を挙げてみな」

「え……」

「実演に参加するのは、成績順だ。参考にしたのは、学期末試験とこれまで授業で出してきた個別試験の結果だ。全部上位陣は公表されてるから、わかるだろう？　挙げてみな」

「……」

黙っちゃったよ。多分、自分以外の人間に興味がないから、上位陣の名前も覚えていないんでしょう。

「挙げられないなら、もういいな？　ちなみに、お前さんはその中に入ってないぞ。大体、お前さん、年末の腕比べであいつに負けただろうが」

熊の言葉に、教室中からクスクスと笑い声が漏れた。リボンちゃん、キジも鳴かずば打たれまいに。

「他に質問のある奴はいるかー？　いねえな？　じゃあ、一応出場者の名前、挙げておくぞ。まずローレル・デュバル」

ああ、やっぱり……他にも、第三王子とその側仕《そばづか》え、侯爵家のお嬢様の名前なんかが挙がった。

リボンちゃんよ、そんなに恨みがましい目で睨んでも意味ないぞ？　にしてもあいつ、どこから私が実演に参加するって聞いたんだろう？

学院祭に向けての準備の為、教養科目も選択科目も授業は学院祭一色になってる。弓でも騎獣でも、出場者に優先的に教師がついて指導してる。

それは別にいい。弓は自主練でも問題ないし、騎獣に関してはもう……ね。早く私を怖がらない騎獣、来ないかなー。

もういっそ、長期休暇の際に魔の森で自力調達してもいいんじゃないかな。

で、問題の総合魔法の方ですが。

「集団魔法の実演ってとこまでは決まった」

総合魔法の準備室で、熊が腕を組んで唸《うな》った。集団魔法ってのは、複数人で展開する大型術式の事。その昔は、戦場で使われていたらしい。

現在オーゼリアはどことも戦争していない。偶《たま》に南の国境線で小王国群のどこかが嫌がらせにくる程度だってさ。

「で？　どんな術式を使うの？」

「それはおめえ、やる連中が決めないとなあ」

「丸投げかよ！」

殴っていいかな？　この熊。私の手の方が痛くなりそうだけど。一応、熊が術式のリストは作ってくれたらしい。これなかったら、確実に投げ飛ばしてたね。身体強化入れて。

リストには術式の名前と効果が一覧で書かれている。

「んー、学院祭に使えそうなのは、少ないなあ……」

「集団魔法は戦で使われていただけあって、でけえ攻撃魔法が中心だからなあ」

さすがに攻撃魔法を集団で、なんて出来る訳ない。威力が強すぎて、学院が吹っ飛びかねん。

「実際いたっていうぜ。十五年くらい前の事だってよ。そん時ぁ、授業での参加じゃなく、有志での参加だったそうだが」

「何やったの？」

「上空に向けて、炎の集団魔法でドラゴンを描こうとしたらしい」

「結果は？」

「大爆発。教師連中がしっかり防御の結界を張っておいたし、周囲に人が近寄らないようにしていたから、被害は最小限で済んだそうだが」

「危ねー」

誰だよ、そんな術式にゴーサイン出した奴。一旦《いったん》出した炎って、制御もの凄く難しいのに。そんなので上空にドラゴンとか、無謀としか思えない。

「まあ、大抵の魔法は戦う用に作られてるからなあ」

「ニエールが嘆きそう」

ペイロンの魔法研究所にいるニエールは魔法が大好きで、今も何に使うんだって言われそうな術式を楽しそうに研究しているはず。

そんな彼女のモットーは、魔法の平和的活用だ。大体、炎のドラゴンを見せかけるだけなら、集団魔法でなくとも……。

「ん？」

「いいのあったか？」

「これ」

リストの下の方にあった術式、幻影魔法である。これも戦場で使われていた魔法で、敵にこちらの数を誤認させたり、右から襲撃する幻影を見せながら左から襲撃するとかに使われていた術式だってさ。

ただ、見抜かれる事が多かったようで、戦場での使用は割と早期に終了したらしい。使い方次第だと思うんだけどなあ。

私が指し示した術式を見て、熊が顔をしかめた。

「幻影魔法ねえ。そんなもん、集団でやって意味あんのか？」

「教師のあんたが言うな。……十人でやるんだよね？　さっきのドラゴンじゃないけど、絵とかを空にでっかく描き出したら、映えるんじゃね？」

「ほう、なるほど。で？　何を映し出すんだ？」

そうか、何を見せるかも大事か……うーん。あ。

「今王都で流行《はや》っている芝居って、どんなの？」

「俺が知るかよ」

「熊に聞いたのが間違いだったわ……」

「熊ゆーな！」


仕方ないので、職員室へ行って女性教師を何人か捕まえて聞いてみた。

「それなら『暁に燃ゆ』じゃない？」

「あら、断然『我が想《おも》いは遠き湖に』よ」

「えー？　私は『死神と私』だと思うわ」

参った。ちょっと聞いただけで、こんなに出てくるんだ……。

「えーと……じゃあ、誰もが知る名作と言えば、どれでしょう？」

「それなら絶対『陽炎《かげろう》の館』ね」

お、これは揃《そろ》ったぞ？　内容を聞いてみたら、未成年でも見られそうなものだった。

ある下級貴族の娘が上級貴族のボンボンに見初められて婚約するも、社交界でボンボンに思い入れるお嬢様方からいじめを受ける。

一度は心が折れそうになるけれど、ボンボンが表立って彼女をかばい、必ず守ると宣言。

それに感動した娘が、雄々しく立ち上がって上級貴族夫人となり、家を盛り立てるという話。

ふむふむ、ある意味女性の立身出世の物語？

「何言ってるの？　純愛物語じゃない」

「違うわよ、女性の独立物語よ」

「え？　家族愛の物語じゃないの？」

あれー？　何で皆感想が違うの？　そんなに複雑な内容だとか？　ちょっと、先行きが不安になってきたよ。

どうも、何度も舞台化されているせいか、色々なバージョンがあるらしい。視点を変えると物語が違って見える、ってやつかな。後は、上演される度にアレンジが入るとか。

でも、それだけいじくられている話なら、こっちで手を入れても文句は出てこないんじゃない？

という訳で、題材はこの「陽炎の館」に決定。先生方に内容を書き出してもらったものを適当にアレンジし、童話風に仕上げてみよう。

後は、絵を描ける人が欲しいなあ。

「誰か、こちらが指定した場面を絵に描き起こせる人、いませんか？」

「それなら、美術のデロット先生がいいんじゃない？　学院祭の為と言えば、嫌とは言わないわよ」

それだと、仕事を押しつけるみたいでちょっと気が引ける。でも、私に描けない以上、誰かに描いてもらわないと。空に文字ばかり浮かべたって、見栄えしないし。

女性教師に紹介されたデロット先生は、大きな眼鏡にくせっ毛のちょっとおとなしそうな女性だ。話してみると柔らかい印象で、こちらの話をきちんと聞いてくれる先生みたい。

「という訳なんです。枚数が多いんですが、描いていただけますか？」

「学院祭に、必要なのね？　わかりました。引き受けましょう」

「ありがとうございます！」

よし、これで何とかなる。あー、肩の荷が下りた感じ。

って、まだまだこれからだよ！


準備期間はあっという間にすぎ去り、とうとう学院祭当日であーる。

「いやあ、何だかあっという間だった感じ」

「本当にねえ」

コーニーと二人で、正門前に。アスプザット侯爵夫妻とヴィル様のお出迎えでーす。

ロクス様がここにいないのは、監督生の仕事があるから。学院祭は何かとトラブルも起こりやすいので、監督生達は大変なんだとか。

お疲れ様でーす。

「あ、来たわ」

見慣れた意匠の馬車が向こうからやってくる。正門前で停《と》まり、中からヴィル様が先に出て来た。

「お、出迎えか？」

「そうでーす」

「久しぶり、兄様」

「二人共、元気そうで何よりだ」

挨拶《あいさつ》を交わしながら、シーラ様が下りるのに手を貸している。シーラ様、本日の衣装も凄《すご》い。

昼間の装いなので肌の露出はほぼないのに、むせかえるような色気です。濃い紫のドレスで、ポイントに黒のレースを使っている。帽子も、ドレスと同じ色合い。

ナイスバディに沿ったラインは、綺麗《きれい》なS字を描いていた。さすがシーラ様。周囲の男子生徒も、顔を赤く染めながらこっちを見てるよ。

当人は、私とコーニーに向かってにっこりと微笑《ほほえ》んでいる。

「久しぶりね、コーニー、レラ。元気にしていましたか？」

「ええ、お母様」

「二人共変わりありません、シーラ様」

笑顔で頷《うなず》くシーラ様の後ろには、今馬車を下りたサンド様が。あれ？　ちょっとお疲れの様子。

シーラ様にこそっと聞いてみる。

「サンド様、お疲れのようですね」

「ええ、ちょっと王宮でもめ事があってね。うちの人が仲裁を任されたのよ」

あー、何か面倒臭そう。サンド様、本当大変ですね。

アスプザットは派閥のトップなので、そういう仲裁役もやらなきゃならんみたい。しかも、自派閥間のもめ事だけでなく、他派閥とのもめ事とかあった日には……ね。貴族ってたいへーん。

学院祭では、親や親族を生徒が案内するのが伝統だそうです。諸々《もろもろ》の事情で出来ない場合を除き、どこの家もそうしてるそうな。

「ヴィルの時から来ているから、もう恒例行事のように感じるわ」

「そうだなあ。うちはレラで打ち止めか。少し寂しいねえ」

「嫌だわあなた。まだ先の話よ」

ぽつりと呟《つぶや》くサンド様に、シーラ様が苦笑する。自然に私も家族の括《くく》りに入ってる辺り、お二人の思いが身に染みます。ありがたや。


「今からだと、どこがいいかしら？」

「学年を問わずなら、剣の模擬試合が見られるんじゃない？」

コーニーとプログラムを見ながら相談中。効率よく見学出来るよう、案内しなくては。

事前にある程度回る順は決めておいたんだ。プログラムはもらってるから。で、その中から見応えのありそうなものをピックアップしている。

そして、こっそり自分が出演する分は削ろうかなあとか考えていたら、コーニーに阻まれました……くそう。

「そういえば、あなた達二人は何をやるの？」

「私は乗馬よ」

コーニーがやるのは、前世でいうところの障害飛越競技ってやつ。その為のコースも馬場に作ってある。

「レラは？」

「総合魔法で、集団魔法を見せます」

「集団魔法を、見せる？」

「詳しくは、見てのお楽しみという事で」

何せ幻影を見せる術式だからねー。内容だけでなく、何をやるかを言っちゃうと面白みが半減すると思うんだ。

デロット先生とは、その後も打ち合わせの為に何度か顔を合わせ、その度に絵の方向性も相談しあった。おかげで満足のいく出来ですよ。いやあ、先生がいてくれて、本当によかった。

これまでの制作のあれこれを思い出していたら、いつの間にか剣の模擬試合会場に着いていた。わあ、凄い人。

「席、あるかしら？」

「大丈夫でしょ。観客席はかなり大きめに作ってあるっていうし」

見渡せば、それなりに空いている。この時間帯、馬上槍《やり》試合もあるから、そっちに人が流れているのかも。

模擬試合とはいえ、実力が拮抗《きっこう》している生徒同士でやるものだから、結構な迫力だ。しかも、剣の選択授業を選んでる生徒って、高確率で卒業後騎士団に入るっていうからね。剣にかける情熱も凄いよ。ここでいい成績を出すと、卒業後騎士団から勧誘が来るんだってさ。

「そういえば、ロクス様って、剣の選択授業、受けてましたっけ？」

「取ってるはずだぞ。でもあいつは要領がいいから、こういう場に出ないような成績にしてるんだよなあ」

何それ凄い。ヴィル様曰《いわ》く、ロクス様が本気出せば、彼の学年で一位を取る事も可能なんだって。

でも、剣の授業も上位陣がこの模擬試合に出るから、それに引っかからないようにコントロールしてるんだとか。

ロクス様って……でも、監督生からは逃れられなかったんだ。あれは教師からの指名制だそうだから。

剣の模擬試合、コーニーがそわそわしてました。出たかったのかな。でも、剣や槍は女子が選択出来ないからねえ。ペイロンに戻ったら、思う存分魔物相手に剣を振るうがよい。


その後もあちこちの模擬試合や展示などを見て、昼食前にコーニーの乗馬を見に行く。準備の為に、ちょっと前から彼女とは別行動。

「馬場はこっちですねー。室内では古典馬術の実演中です」

「コーニーの出番まで、そっちを見ていこうか」

サンド様の一声で、古典馬術の見学へ。

体育館くらいの広さの円形の建物に、円形の馬場とその周囲に観客席。古典馬術はもう始まっていて、人を乗せた馬達が整列して移動していく。

あー、これ、前世にテレビで見たことあるー。海外の旅番組だったかなあ。あの時も思ったけど、揃《そろ》った動きをする人馬って、綺麗だよねえ。

古典馬術を見た後は、いよいよコーニーの乗馬だよ。既に馬場の観覧席は大分埋まってる。

「おや、人気だねえ」

「女子の乗馬は毎年こうらしいですよ。乗馬服姿が人気だそうです」

「ほう？」

おっと、サンド様の目が怖いです。普段スカートで隠れている足の形が見えるから人気なんだ、とは言わないでおこう。

女子も男子も、乗馬服はぴったりとしたパンツスタイルだから。動きやすいよう、伸縮性に富んだ素材で作られております。

ええ、魔物素材ですとも。蜘蛛《くも》絹混合繊維、こんなところでもお役立ちとは。

蜘蛛絹と羊型魔物の毛から採れる繊維と植物型魔物から採れる繊維を合わせると、伸縮性、吸湿性に優れた糸が出来るそうな。

それはともかく、背後に座ったサンド様から冷えた魔力が流れてくるんですけどー。怖い。

「あ、始まりますよ」

コーニーの学年は、女子五人男子五人の計十人。成績順ではあるけれど、男女同数にするのが総合魔法と違うね。

こっちは男女関係なく上から数えてるから。多分、熊が面倒臭がった結果だと思う。

さっきの古典馬術とはまた違い、次々と軽やかに障害を飛び越えていく姿は、颯爽《さっそう》としていて格好いい。

特にひいき目で、コーニーの乗馬は綺麗だと思う。

何人かは飛び越えに失敗し、バーを落としていた。中には直前で馬が飛ぶのを怖がったのか、障害を避《よ》けちゃった子もいる。

それも含めて、なかなか楽しめました。


「ただいま！」

待ち合わせ場所で待っていると、制服に着替えたコーニーが来る。

「お帰りコーニー。お疲れ様」

「とても上手だったわよ」

「日頃、きちんと授業を受けているのが窺《うかが》えたよ」

シーラ様とサンド様の言葉に、コーニーが照れくさそうな笑みを浮かべる。両親に褒められるのって、嬉《うれ》しいよね。

私も前世の小学生時代、そうだったなあ。まあ、中学生くらいになると、親の評価なんていらねーやって強がってたけどさー。ほら、反抗期だったしー。

で、高校くらいからまた意識が変わるっていう。今思うと、親の存在はありがたいよね、本当。

「そういえば、レラの総合魔法の方はまだだったかしら？」

おっと、しんみりしていたらコーニーから質問が来ちゃったよ。

「うん、学院祭が終わる間際にやるから」

明るい空より、薄暗くなった方が映えるって事で、この時間帯に決まったんだ。練習中、周囲から見えないようにするのが面倒だったよ。

という訳で、総合魔法の実演の時間まではその辺りを適当に見て回る事になりましたとさ。

あちこち見て回ると、あっという間に時間がすぎると共に空腹になる。学院祭の時ばかりは外部から来た客にも開かれている食堂で、五人で昼食をとる事になった。

「卒業してまだ一年経《た》たないが、懐かしい味だな」

ヴィル様がしんみり。貴族学院というくらいだから、サンド様やシーラ様もここを卒業しているはずだよね？　その頃は、どんなだったんだろう？

「私達の頃は、古い食堂でね。もっと大きくて暗い建物に、長いテーブルがいくつも置いてあったな」

「そうね。メニューも、こんなに豊富じゃなくてその日に決められたものを食べるだけだったわ。生徒の間でも不評でねえ。私達が卒業してすぐくらいに、改善されたんじゃなかったかしら」

そ、そうだったんだ……今の時代でよかった。

そこそこ席が埋まっている中、五人で和やかに食事をしていたんだけれど、終わり際、入り口の方で何やら騒ぎが聞こえた。何だろう？

「何かあったのかな？」

「食堂の職員と、あれは多分、保護者かな？　何か言い合っている」

一番背の高いヴィル様が立ち上がって入り口を見てくれた。学院で、保護者が職員と言い合い？保護者だって貴族だろうに。

結局らちがあかず、サンド様が仲裁に向かう事にした。周囲を見ても、侯爵位より上の家がなかったんだって。

しばらく入り口で三人で話した後、サンド様と騒いでいた保護者が一緒にこちらのテーブルにやってきた。サンド様、ちょっと難しい顔をしているな。

「レラ、ちょっと手を貸してくれないか？」

「私ですか？」

何だろう？

場所を変えて、熊に総合魔法の準備室を借りた。

「本来、学院関係者以外は入れちゃいけねえんだけどよ」

「そう言うな、ジアン。緊急事態なんだ」

「……俺も話を聞かせてもらいますぜ、侯爵様」

「仕方あるまい。他言は無用だぞ？」

「もちろん」

熊、サンド様に気安い態度だなあ。普段からペイロンの伯爵にも、あんな態度だからかね。

「さて、では詳しい話をお聞かせ願えますかな？　エイノス侯爵」

侯爵？　そんな身分の人が、学院の食堂入り口で職員と言い争っていたの？　びっくり。あんな場所であんな騒ぎを起こすの、よくないってわかってるだろうに。

それだけ、「緊急事態」だって事？　私の手を貸すって……まさか。

エイノス侯爵は、散々言いよどんでやっと口を開いた。

「……前置きはなしにしよう。実は、我が家の末娘の行方がわからなくなっている」

「ええ？　エイノス家の末のお嬢さんといったら、まだ四歳かそこらでしたよね？」

シーラ様の確認の言葉に、エイノス侯爵は頷《うなず》いている。

「四歳になったばかりです。長女である姉が学院生なので、この学院祭をとても楽しみにしていたのですが……」

エイノス侯爵曰《いわ》く、家族で学院祭を見て回っていたのだが、途中で上のお嬢さんが仕度の為離れ、それに夫人がついていったらしい。そこからは、エイノス侯爵だけで下の娘さんを見ていたところ、急に姿が見えなくなったんだとか。

「本当に、つい先程まで手の届くところにいたんです。後ろから声を掛けられて、一瞬娘から目を離したら、もう……」

子供は目を離した隙に動くっていうからなあ。とはいえ。これはちょっとおかしな話じゃない？

「レラ、頼みたいのは、エイノス家のお嬢さんの捜索だ」

「え……これだけ人の多い中で、ですか？」

「難しいのは承知の上だ。何とか、手がかりだけでも掴《つか》めないか？　それも、出来るだけ早く」

うーん……正直、人を探す……というか、居場所を見つける術式なら、あるにはある。ただ、あれは森とか他に人がいない場所での捜索用だ。

これだけ人が多いと、意味がない。他にも、人の気配を探る魔法もあるにはあるけど……あ。

「サンド様、これって、ただの迷子じゃないんですよね？」

エイノス侯爵の頬が引きつり、サンド様も苦い顔をしている。誘拐か……だから、急がないといけないんだ。

貴族の子供だとわかっていて誘拐した場合、目的は大体身代金だ。希《まれ》に家に対する恨みから、小さい子を攫《さら》うって事もあるそうだけど。その場合、攫われた時点でほぼ命の保証はない。

サンド様が、苦い顔で漏らす。

「……実は、昨年も学院祭の最中に幼い子供が攫われた事件が起こっている」

「え？　そうなんですか？」

「犯人はわからずじまいだったが、攫われた四人は無事に戻った。ただし、多大な身代金と引き換えにな」

それはつまり、誘拐ビジネスのような組織的犯行って事か。なら、子供の命だけは何とかなるかも。

「というか、そんな事件があったのなら、もっと警備を厳重にすべきなんじゃないですか？」

「学院側もやっているようだよ。ただ、どうしても学院祭の最中は人の出入りが多い。隙が出来るんだ」

誘拐事件が起こるから、学院祭は中止にします、保護者も入れさせません、は多分出来ないんだろうな。貴族側のプライドにかけて、犯罪者に屈するような事は出来ない、と。

にしても、これだけの人数の中から、どうやって子供一人を探し出せば……って、あああ！

「サンド様！　去年の被害者は四人だったんですよね⁉」

「ああ……他にも、攫われた子供がいるかもしれないのか⁉」

「可能性はあります」

貴族は面子《メンツ》が大事。いくら子供でも、攫われたとなると家と攫われた当人の評判が落ちる。だから、誘拐そのものを表沙汰《おもてざた》にしたくない。エイノス侯爵も、言いよどむ訳だ。

そりゃますます学院祭を中止になんて出来ないや。そんな事をしたら、誘拐犯達が嬉々《きき》として中止理由を言いふらすだろう。被害者情報と一緒に。そんな事、させられない。

とりあえず、目先の問題はどうやって子供を探すか、だね。

「サンド様、被害者と加害者は、まだ学院内にいるんですか？」

「そのはずだ。さすがに出入りは厳しく管理されているし、門は全て閉まっている。壁をよじ登ろうにも、壁自体に魔法が仕掛けられているのは、レラも知っているだろう？」

そうなのだ。何とこの学院、門以外からの出入りは事実上不可能になっている。高い壁の上には、魔法で侵入不可の結界が張られていて、それが破られようものなら学院中に響き渡るサイレンが鳴る仕組み。

ええ、研究所が作ったそうですよ。そして、その大本のアイデアを出したの、やっぱり私だよ！何でそんな提案したんだ過去の自分！

とはいえ、今回はそれが功を奏した。犯人達は、学院祭が終わるまで出入り出来ない。

探索範囲は学院内のみ。王都まで広がらずに済んでよかったと思うべき？

「索敵魔法……は敵意がある相手を見つける術式だし、探索魔法は隠れている相手を探す魔法だし……あ」

これならいける？　でも、範囲を絞らないといけないんだよなあ。

「出来そうか？　レラ」

「ええと、私一人だとちょっと手が足りないかも……」

「私達にも使える術式なら、手伝うぞ？」

「探索系の魔法が得意な人、います？」

サンド様とシーラ様には見事に目を逸《そ》らされた。ヴィル様は顔の前でバッテンマーク。

そんな中、コーニーが手を挙げた。

「私が手伝うわ。後、ロクス兄様にお願いすればいいんじゃない？　ロクス兄様も、探索系は得意だもの」

そう、ロクス様は私以上に探索系が得意だ。しかも、相手に知られずに探すのがとてもうまい。おかげで子供の頃からかくれんぼで負けた事がないよ、あの人。

話は決まった。三人で手分けすれば、何とか見つかるかもしれない。

で、ロクス様は今、どこにいるんだっけ？

「すぐに呼び出すか？」

熊の申し出に、首を傾《かし》げる。

「学院祭の間は、監督生の仕事で忙しいんじゃないの？」

「監督生の仕事より、こっちの方が優先だろ。ちょっと待ってろ」

そう言うと、熊は準備室を後にした。光明が見えてほっとしたのか、エイノス侯爵がその場にくずおれる。

「！　しっかりして下さい、エイノス侯爵」

「あ、ああ、申し訳ない……」

サンド様に抱えられた侯爵の顔は、青を通り越して真っ白だ。

「こちらに座って下さい。また倒れそうだわ」

シーラ様に勧められるまま、手近な椅子に腰を下ろす。

「エイノス侯爵、奥様は？」

「長女と共にいるはずです。夕方には、落ち合う予定でした」

それまでに、末っ子を見つけないとならないのか……大変大変。

呼び出されたロクス様と、コーニー、そして私で手分けして学院内を探し回る事になった。

「学内を三つに分けよう。教養棟と実習棟、特別棟と男子寮は僕が受け持とう」

「じゃあ、私は校庭と女子寮、それに音楽堂周辺を担当するわね」

「んじゃあ、私は残りを回る……と」

三人だとさくさく進むなあ。担当箇所は決まったので、早速探索開始。

私が担当する区域は、学院祭でも人が多い場所だ。模擬試合やレースなどが行われる会場が殆《ほとん》どなので。

探索方法は、単純に生命反応を探す魔法を使う。今回、被害者が全員子供ってところで、この方法を思いついたんだ。

生命反応って、成体と幼体では大分変わる。大人と子供もそう。基本的に、成体よりも幼体の方が反応が弱い。つまり、反応の弱い生命を見つければいいという事。

ただこの生命反応を探す魔法、効果範囲を広げるのがやたらと面倒な術式なんだよね……何が言いたいかと言えば、実際に学院内を歩き回らないと探せないという事。

「とんだ宝探しゲームだね、まったく……」

探すお宝は子供の命。身代金目当てなら殺される可能性は低いけど、ない訳じゃない。それに、今現在も怖い思いをしているかもしれないんだから、なるべく早く見つけないと。

まずは矢場。弓の発表の場だ。選ばれた選手達が、並んで矢を射ている。生命反応は……小さいのはないな。

次は馬上槍《やり》試合会場。これは模擬試合とはいえ、結構危険なものだそうな。落馬、怖いからね。長い槍で相手を突き、落馬させた方が勝ち。ルールは至ってシンプルだけど、それだけに奥が深い競技……らしい。

ここで、小さな生命反応発見！　おお！　と思って見に行ったら、小さい馬でした……中型犬くらいの大きさの馬が、ふれ合い広場のような場所で生徒や保護者に可愛《かわい》がられていたよ。

とはいえ、これで生命反応を探すのがあながち間違っていないとわかった！　後は回数こなして学内全部を見て回るのみ！

甘かった。ほんの少し前の自分を殴りたい。今日って、保護者と一緒に学院生の兄弟姉妹も来てるんだよね。それって、小さい子が被害者以外にもたくさんいるって事なんだよねえええええ！

さっきから反応を見に行けば空振りばかり！　さすがの私も心が折れそうです……。

「うう、こちらレラ。競技会場をあらかた見回りましたが、まだ見つかりません」

声を吹き込んだ小鳥型の魔道具を飛ばす。そういや、通信機はまだ据え置きのしか作ってなかったっけ。スマホとまではいかないまでも、携帯電話程度の小ささと軽さで通話出来る魔道具、欲しいなあ。

よし、今年の夏ペイロンに帰ったら、研究所に依頼しにいこう。

引き続き探索を続けていると、先程飛ばした小鳥が戻ってきた。

『こっちでもまだ見つからねえ。そろそろ前庭の方へ行ってくれ』

声の主は熊。総合魔法の準備室を連絡用の場所にして、三人から上がってくる情報をとりまとめている。こういうのが出来るのは、さすがは研究所所長といったところか。熊だけど。

前庭には、数多くの屋台が出ている。こうした屋台が並ぶようになったのは、つい最近の事なんだって。

一時期保護者や家族の数が増えて、学院の食堂で賄いきれなくなった時があったそうな。その時の苦情を受けて、翌年からこうして屋台を出すようになったそう。

普段は食べない庶民の味を、お祭りの時だけでも試してみませんか？　という事らしい。一応、貴族も庶民の生活を理解する為、とか何とかいう建前があるって聞いたなー。

で、前庭にやってきました。ここは石敷の広場のような場所なんだけど……どこの縁日だ？　これ。

校舎本館の前に、ずらりと二列に屋台が並んでいる。来客や学院生達は、列の間に作られた小道を通りながら、両脇の屋台を楽しそうに見ていた。

屋台では肉を焼いたり果物を切ったりスープを出したりしている。変わり種では野菜や川魚を売っている所もあった。それを隣の屋台で好きに調理してくれるらしい。

おっと、呆然《ぼうぜん》としている場合じゃない。探索探索。周囲を見る振りをして、通りの両脇に並ぶ屋台を探索。さすがにこんな所にはいないで……。

「いた」

思わず声が漏れる。屋台の下に、小さな生命反応。扱っているのは、果物。客に一口大に切った果物を提供している。つまり、小さな生命反応が出るはずのない屋台。

いや、まだ慌てるな。もしかしたら、犬や小さい動物を足下に置いているだけかもしれない。

うーんと、うーんとこういう場合は……そうだ！　生命反応をもっと細かく感知出来るようにすればいいんじゃない！　今ある生命反応探知魔法って、かなり大雑把なんだよね。

既存の術式に手を入れるだけなら、そこまで大変じゃない！　……はず。その為にも、一旦《いったん》熊のところに戻って相談だ！

「こちらレラ。それらしき反応発見。相談したい事があるから、一度そちらに戻ります」

まずは小鳥型魔道具に声を吹き込んで飛ばし、それを追う形で総合魔法の準備室へと向かう。間に合ってよ！

準備室では、青い顔のエイノス侯爵がサンド様とシーラ様に挟まれて宥《なだ》められていた。

「必ずご息女は見つけ出すから、気をしっかり持つように」

「大丈夫ですよ。うちの子達は皆優秀ですから。……レラ！　戻ったの？」

シーラ様が私を見つけて声を上げる。

「ええ、ちょっと、熊に相談が……ヴィル様は？」

「ロクスと一緒に出ているの。所長は向こうにいるわ」

視線で示された方には、机に向かう熊の姿が。準備室って、一間の小部屋だから仕切りも何もないんだよねえ。

という事で、遮音結界を。エイノス侯爵には、まだ知られない方がいいと思うから。

「熊、相談が」

「熊ゆーな！　何だ？」

「このカメラに、生命反応で探した情報を映像にする機能を付けたいの。後、もっと細かい術式にして、単純な生命反応を探すんじゃなく、相手の形態も感知出来るようにしたいの！」

「待て待て待て！　いきなり何だそりゃ」

確かに。いきなり言われたら何の事かわからないよね。

「生命反応探知の術式の方は、壁の向こうの人や動物がどんな姿かを描き出せるようにしたい！で、その術式から映像として情報を取り出して、このカメラで映せるようにしたいのよ」

「……そりゃ、子供が何かに入れられてるって事か？」

熊にしては鋭い。野生の勘か？

「屋台の足下に、反応があったの。だから、屋台を映す振りをして、足下に隠されている生命反応の姿を撮りたいのよ」

「なるほどな……それで、術式を書き換えてえってのか。まずは、その術式を組み上げろ。話はそれからだ」

「わかった」

熊の机の一部を借りて、まっさらな紙に必要事項を書いていく。生命反応を探知する魔法で得られる情報は、結構多い。それを術式の方で取捨選択して必要な部分だけを抜き出したのが、今までの術式。

なので、書き換えるのはこの取捨選択……フィルター部分だ。今は生きてるか死んでるか、対象の大まかな形状のみを情報として得ている。

これに、対象の外見を取得するよう付け加えるだけ。でも、これが結構難しい。

「出来たー！」

「ダメだな。これじゃあ、このカメラには入らねえぞ？」

「えー……」

今私が胸元につけている、制服のリボンを留めるブローチ、それに擬態させたカメラの容量を軽く超えたらしい。このブローチ、小さいもんな……。

基本、術式容量は物理容量に比例する。回路を書き込む媒体が小さければ小さいほど、術式容量も小さくなるんだよ……。

「もっと無駄を省け無駄を」

「ううう、一番苦手な分野なのに……」

「おめえはガキの頃から大雑把だからなあ」

うるせー。とはいえ、この術式を完成させないと、子供達がヤバい。ついでに、壁にかかっている時計を確認したら、後数時間で総合魔法の実演時間だよ！

「熊、今日の実演、私は欠席って事は……」

「ならねえな。時間までに死ぬ気で仕上げろ。で、死ぬ気でガキ共救ってこい」

「鬼悪魔ー！」

やっぱり熊なんてろくなもんじゃない。

その後もあーだこーだと頭を捻《ひね》り、熊の助言を受けて何とかカメラの容量に収まる術式が完成した。よかったー。

「よし、これなら入るな。んじゃ、ブローチよこせ」

熊に言われるまま、ブローチを外して渡す。机の上に置いたそれに、熊が特殊な魔力を流すと、ブローチの上に魔法回路が浮かび上がった。

この回路が、魔道具の一番大事な部分。長方形のそれをしばらく見ていた熊は、中程に指を差し込んで、いきなり分断し始めた。

「そんなのやって、大丈夫なの？」

「いいんだよ。これは資格を持った奴が上書き出来るようにしている状態なんだから」

ちなみに、この資格とは別に魔道具を作る資格の事ではない。研究所の人間でも、ごく一部の人間に与えられたものなんだって。管理者権限のようなものかな。

そこに、先程完成させたばかりの回路を、魔力を使って書き込んでいく。私が。

「もっと魔力を絞れ。気を逸らすなよ。丁寧に、途切れないように組み上げろ」

「無茶を言う……」

「無茶じゃねえよ。誰でもやってるこった」

嘘《うそ》だって言いたいけど、カメラから取り出された回路を見る限り、熊が言っている事は本当だ。

あんな細かい回路を、人が書き込んでいるなんてね……。

散々熊に悪態を吐《つ》かれながら、何とか回路を組み込めた。

「よし。おお、容量ギリギリだったな」

「よかった……」

いい体験と言いたいところだけど、こんな時間ギリギリのところでやりたくなかったわー。凄《すご》い疲れた。肉体的にというよりは、精神的に。

熊はまだブローチをいじっている。最終調整だそうだ。

「後始末をして、これで終わり！　よし、これで出来上がってるはずだ。試してみ」

熊に渡されたブローチを制服のリボンにつけ、カメラを起動させる。しばらく部屋の中を撮影し、手元に即席のスクリーンを作って映像を見た。

「よし！　出来てる‼　壁を通り越して、廊下を歩く人の姿も映せたよ！　んじゃあ、もう一回行ってきます！」

「ああ、ちょっと待て。ヴィル坊達も戻ってくるようだ。一緒に行きな」

他の箇所を見ていた三人も、どうやら空振り続きだったらしく戻ってくると連絡があったそうだ。

そりゃそうか。誘拐犯は屋台の人間として紛れ込んでいたんだもん、他の場所に攫《さら》った子供を置いておく訳ないよね。

ほどなく、三人が一緒に戻ってきた。こちらに遮音結界が張ってあるのを見て、三人共無言で部屋の奥へ来る。

結界内に入ってから、ヴィル様が確認してきた。

「レラも戻ってたのか。そっちはどうだった？」

「怪しい場所を見つけました。屋台の一つです」

「屋台？」

三人の声が重なる。意外に思うよねえ？　学院祭に入る屋台だから、絶対しっかり身元確認とかしてるだろうに。

「……レラ、それは確かなのか？」

訝《いぶか》しむヴィル様の問いに、私は頷《うなず》いた。

「生命反応探索で見つけたんです。で、これから別の方法で確認をしてこようかと」

「別の方法？」

「これです！」

首を傾げる三人に、胸元のブローチを指差す。ヴィル様とロクス様は首を傾げているけれど、コーニーはわかったらしい。

「これ、確か映像を撮れる魔道具よね？」

「そう。ついさっき熊に手を入れてもらって、見えない場所のものも撮影出来るようにしたんだ」

「見えない場所？」

またしても、三人して首を傾げる。今は説明している時間が惜しい。

「とりあえず、移動しながら説明しますよ。あ、映像をすぐ確認出来る道具、何かない？」

いちいちスクリーンを出して映像を確認するの、時間の無駄だもん。熊に聞いたら、机の引き出しから四角い手のひらサイズの薄い箱を渡された。

「小型の映像機だが、これで映せるんじゃねえか？」

「これ、借りてくね！」

「気を付けろよー」

熊の言葉を背中に、総合魔法準備室を出る。出がけに、ロクス様が何か言っていたようだけど、よく聞こえなかったなー。

「気を付けるのは、犯人の方じゃないかな……」


四人で前庭へ向かう。よく見たら、ヴィル様とロクス様の腰には剣がある。

「ヴィル様とロクス様、その剣……」

「ああ、大丈夫。これは学院で使う練習用のものではないから」

いい笑顔のロクス様。真剣って事？　いやいやいや、そっちの方がヤバいのでは？

ドン引きしてる私に、ヴィル様が教えてくれた。

「相手は犯罪者だろう？　ないに越したことはないが、戦闘になった場合は武器があった方がいい」

んー……確かにそうなんだけど。魔物相手は慣れているけれど、人間相手はいまいち腰が引けるんだよなあ、私は。これも前世の価値観を引きずってる証拠かね。

「大体、その剣どっから持ち出したんですか？」

「うちの馬車に備えてあるやつだ。探索に出る前に、ロクスと一緒に取ってきた」

馬車かー。余所《よそ》は知らないけれど、アスプザットではいつ何時襲撃されても応戦出来るよう、どの馬車にも剣や槍《やり》が装備されている。

二人共剣は得意だし、特にヴィル様は単独で大型の魔物も剣一本で仕留めるような人だ。

あれ？　でも剣があるなら、コーニーはどうして持ってこなかったんだろう？　彼女も剣は得意なのに。

「コーニーは、持ってこなかったの？」

「私は他のものがあるから」

そう言うと、制服の上から太ももの辺りを叩《たた》いた。待って、そのスカートの下、何があるの？　すっごく気になる！

結局、聞けないまま前庭にやってきた。ここの屋台は大人気のようで、今も人が多い。

「レラ、どの屋台だ？」

「左手の奥です」

「……なるほど。だとすると、屋台の馬車も怪しいな」

私が指し示した屋台列の奥には、臨時の馬車置き場が作られているそうだ。そこは屋台の人間が使えるようにしてあるんだって。

「もしかして、もう外に出された子がいるとか……」

「いや、それはない。屋台の馬車も、一度入ってしまえば学院祭が終わるまで外には出られないんだ。食材の追加等が発生した場合は、正門の脇での受け渡しのみ許されている。それも、外から中へのみだ」

という事は、被害者達は学院祭が終わるまで、屋台の連中の足下にずっと留め置かれている訳だね。よかったー、外に出された子がいなくて。

学院の中なら、何とでもなる……はず。その為にも、まずは子供がいるかどうか、確認しないと。

小さな生命反応があった果物の屋台の前に来た。映像機を、まるでスマホで動画を撮るように目の前にかざし、その実胸元のブローチで屋台の足下を映す。

いた。子供の姿だ。うずくまった姿で映っている。箱か何かの中に、入れられているようだ。

「ヴィル様」

映像機を、ヴィル様に見せる。後ろからロクス様とコーニーも覗《のぞ》き込んだ。

「これか……レラ、このまま他の屋台も見てくれ。こっちは熊に連絡して、応援を連れてくる」

「わかりました」

ここで一旦《いったん》、ヴィル様ロクス様達とはお別れ。あれ？　コーニーはこっちについてくるの？

「レラの側にいた方が、面白い事が起こりそうだもの」

それもどうかと思うんですけどー！

屋台を見て回る。一応端から、足下を中心に。歩きながら見ているせいか、妙な物を持って妙な行動をしているこちらを、誰も注目しない。

客は屋台に出されている食べ物に夢中だし、屋台の人は客の相手に一生懸命だ。

そんな中、最初に見つけた子供以外に、なんと四人も見つけてしまったよ。

「五人もだなんて。許せないわ」

コーニーが静かに怒りを溜《た》め込んでいる。彼女は侯爵令嬢だから、私が知らないだけで小さい頃に誘拐被害に遭いかけた事があるのかもしれない。

「抵抗も出来ない相手ではなく、正々堂々と戦える相手を選びなさいよね！」

怒りの方向が違ったー。誘拐犯が攫う相手と戦うってどうよ？　何か間違ってるよねえ？

とりあえず、子供が隠されている屋台の数と位置は、小鳥型魔道具を使って熊に送っておく。あそこ、もう誘拐対策本部になってるから、とりあえず入手した最新情報を送っておけば、いいようにしてくれるでしょ。

ちなみに、隠されていると判明した子供達の周囲には、結界を張っておいた。離れた場所に張り続けるのはちょっと厳しいけれど、屋台列の端から端までくらいなら十分カバー出来る範囲だ。

ついでに、犯人の方にも目印……マーカーを付けてある。わずかな魔力を貼り付けておくもので相手の位置を把握するのに便利なんだ。ぱっと見、連中は魔法に不慣れなようだから、マーカーを感知する事は出来ないだろう。

まだ他にも隠されている被害者がいるかもしれない。そんな思いで屋台列の中央を歩いていると、悲鳴が上がった。コーニーと顔を見合わせて、すぐに声のした方へ駆け出す。

「きゃあああああ！」

「屋台の下から箱が出てきた！」

「子供よ！」

どうやら、箱に詰められた子供が苦しさに暴れて、箱ごと屋台の足下から転がり出たらしい。

屋台にいた犯人は……あ！　逃げてる！

「レラ、ここをお願い！」

「任された！」

つい反射で答えたら、コーニーがその場からダッシュした。速！　あれ、身体強化を使ってるな？　あ、重量軽減も少し使ってる。

文字通り飛ぶように走ったコーニーはいいとして、子供の保護が最優先。とりあえず、こんなところに身なりのいい子供が転がっているのは不自然だから、何かで隠さなきゃ。

丁度いいところに、犯人が放っていった屋台がある。こういう屋台って、飾り用に布を多く使っているところが多い。

それを引《ひ》っ剥《ぺ》がして被《かぶ》せておいた。今ならまだ、誘拐された事実を誤魔化せるんじゃないかなーと思って。この子は男の子だけど、やっぱり誘拐されたってのは、醜聞になるからさ。

家や親も大変な思いをするだろうけれど、一番は被害者であるこの子の心に傷が残らないようにと思って。まだよくわからない年齢だろうけれど、わかるようになったら、厳しいもんね。

そのまま身体強化を使って男の子を抱き上げ、コーニーの後を追った。ここにいつまでもいると、周囲の視線が痛い。

追いかけた先では、既に勝負が決まっていた。いや、あの程度の連中にコーニーが負けるとは思ってもいないけどさ。

でもコーニー、その手に持っているの、何ですか？　私の目には乗馬用の鞭《むち》に見えるんだけど。

「来たの？　子供は？」

「ここ。コーニー、それってさ……」

「これ？　愛用品なの」

そうじゃない。そういう事を聞きたいんじゃないんだ。

足下に転がる二人の男は、どちらも目元を押さえて呻《うめ》いている。あの鞭で目を封じてから、ボディを攻撃して沈めたな……。

ちらりと屋台の連中に付けた目印を調べると、わらわらと移動している。行き場所は……臨時の馬車置き場か。仲間と合流して逃げるつもりだな。

「コーニー、この子お願い」

「え？　レラは？」

「最後の仕上げをしてくる！」

そのまま、臨時の馬車置き場まで走った。もちろん、身体強化を使ってるからあっという間だよ。


臨時の馬車置き場に、屋台の連中が駆け込んでいる。

「おい、どうしたんだ？　荷物は？」

「それどころじゃねえ！　騒動が起きてダメになった。出るぞ！」

小声でやり取りしていても、全部聞こえてるよー。大体、正門は学院祭終了時まで誰も通れないよう閉められてるってのに。

と思ったら、馬車置き場の奥に、見慣れぬ門があるよ。しかも、開いてる⁉　なんであんな場所に門があるのか知らないけど、あそこから逃げる気か！

屋台の連中が全員馬車に乗り込んだところで、馬車ごと結界で覆う。あ、馬は外しておいてあげるよ。罪はないからね。

「おい！　どうなってるんだ！　動かねえぞ⁉」

「いや、動かしてるんだけどよ……何でか、馬が進まねえんだ」

これで屋台の連中はよし。でも、少しは痛い目を見てほしいよね？　という訳で、荷馬車の中身に電撃を。おっと、御者も忘れずに。

何か汚い悲鳴が上がった気がしたけれど、気のせい気のせい。

後は、門を開けた奴だな。臨時の門を見ると、どっかで見たような顔が門を押さえて辺りを窺《うかが》っていた。

……あれ、騎獣授業の教師じゃね？　もしかしなくても、犯人の仲間なの⁉　貴族学院の教師なのに⁉

腹が立ちすぎて、つい電撃で攻撃してしまったわ。短く「ぎゃ！」と叫んで倒れたよ。黒焦げにならなくて、よかったね。

遅れてきたヴィル様率いる騎士団……って、あの色は黒騎士かな？　がやってきた。おっと、本当に黒騎士がいる。チャラ男と一緒にいた、あのイケメン。

到着したヴィル様が確認してきた。

「レラ！　どうなった？」

「この荷馬車の中に、犯人達がいます。それと、そこの教師、あちらの門を開けてました。カメラで映像を撮ってあるので、後で見てみて下さい」

「教師が？　……わかった。後はこちらで始末する。馬車の結界を解いてくれ」

「了解でーす」

馬車の周囲はもう黒騎士団の面々が囲んでいる。蟻《あり》のはい出る隙もないってやつだね。もっとも、中にいる連中はしばらく意識がないだろうけれど。

「ローレル嬢、この度はお手柄でしたね」

黒騎士が近づいてきた。と思ったら、ヴィル様にシャットアウトされてるー。

「お前は近寄るな」

「貴様に言われる筋合いはないぞ」

「私はレラの保護者のようなものだ」

「彼女の後見人は貴様の両親だろうが」

あのー、何でここでバチバチやり合うの？　犯罪者と被害者の方が優先でしょー？

その後、無事被害者は全員保護された。

「ソルセーア‼」

眠ったままの小さな女の子、ソルセーア嬢を抱き上げ、エイノス侯爵はその場で泣き崩れている。

無事に戻ってよかったですね。

あの後、黒騎士団が犯人達を捕縛し、連行していった。あの教師もね。来週からの騎獣授業、どうなるんだろ。自習かなー？

被害者達は、周囲から見えないように隠して保護した。こういう時も、結界がいい仕事をしますねえ。外から中が見えない結界も、あるからさ。

で、全員を総合魔法準備室に連れてきたのはいいけれど、誰がどこの子か、わかるのかなあ。とりあえず、ソルセーア嬢はエイノス侯爵のお嬢さんだってわかったけど。

「その辺りはこちらでやるから、レラは気にしなくていいわよ」

「ありがとうございます、シーラ様」

ああ、やっぱり頼れる方だわ。

犯人達はこれから、尋問を受けるらしい。研究所で作った自白魔法の出番かな？　あれは強力だから、何でも喋《しゃべ》るよ。例によって例のごとく、アイデア出しは私だ。

こんなのあったら凄《すご》いよねーって言った術式を、本当に使えるレベルまでにして作り出すんだから、研究所の人達って凄い。

エイノス侯爵もお嬢さんも、そして他の被害者達も無事で、本当によかった。それにしても、疲れる事件だったね。

「お、無事間に合ったな。レラ！　もうじき総合魔法の実演時間だぞ！」

「え⁉」

こんなに疲れてるのに、これからあれをやるのおおおおお⁉

今日は雲一つないいい天気だから、夕暮れの今時は空の色が綺麗《きれい》なグラデーションになってる。オレンジから白、薄いブルー、濃いブルー。

ついでに私の心もちょっとブルー。いや、被害者が無事だったんだから、いい事なんだよ。あれだけ動き回った後に、幻影魔法という、これまた繊細な魔法を披露する羽目になったけどなー。

幻影は透過にはしていないので、周囲が明るくても見づらくなる事はない。その辺りは、調整済みだからねー。

『これより、模擬試合会場において、総合魔法の実演が始まります』

放送も魔法なのは、この世界ならでは。スピーカーも、間に合わせだけど作って大正解。マイクとセットで今回の各会場で大活躍だった模様。後で大量発注とか、研究所に行くかもね。

私は出場者控え室で、最後の打ち合わせ中。術式展開の順番とか、間違うと悲惨だから。散々練習したけど、それでも間違えるのが人間だよね。

観覧席には、アスプザット家ご一行様が座ってるはず。ヴィル様達とは、さっきまで一緒に誘拐事件を追っていたのに、何だか不思議。

「よーし、準備はいいかー？」

熊の声に、出場者が全員頷《うなず》く。

「んじゃ、お前らの実力、見せつけてこい！」

「はい！」

模擬試合会場は広くて、円形闘技場のような形になっている。これも今日の為に即席で造ったっていうんだから、凄いよなあ。

熊の話じゃ、研究所の力を大分貸してるって話。その分の見返りもあるんだろうね。

円形の会場のど真ん中まで一列に並んで行進し、そこで一礼。それから決められた位置に散らばった。これも、練習の成果。こっちの学校って、こういう集団行動の訓練みたいなの、やらないんだよね。

前世日本人の私としては、列を作って歩くのも、礼を揃《そろ》えるのも散々学校でやらされた記憶があるよ。今となっては遠い思い出だ。

開始の合図は第三王子に任せている。最初熊が私にって言ってきたけど、面倒だからやだって逃げた。そうしたら、じゃあ王子にやらせるかって決まったんだよね。本人には事後報告にしたら、さすが王族、爽《さわ》やかな笑みで引き受けてくれたよ。

上級生がいたら、そっちがやってもいいのでは？　と思っていたら、何と総合魔法は今年度新設された新しい選択授業なので、上級生はまだ誰も選択していないらしい。そうだったんだ。

なので、保険として熊が私だけでも選択するよう指名しておいたという裏事情が。おのれ熊。でもまあ、これで上級生がこの実演に参加していない理由がわかった。

さて、私も実演の方に集中しなきゃ。第三王子の声が、会場に響く。

「始め！」

集団魔法は、やり方が二通りある。全員の魔力を練り合わせて一つの術式にするのと、一人一人別の術式を起動、結果一つの術式になるようにするもの。今回は後者だ。そうでないと、成り立たないから。

こっちの方が細かい調整が利いていいんだけど、その分面倒な計算が山のようにあるから大変だったわー。

まずは背景担当の子が幻影を投影。観覧席からどよめきが聞こえた。ふっふっふ、まだまだこんなものじゃないのだよ。

次に登場人物の担当が投影。ここでも更にどよめきが。一部からは黄色い声が上がってる。多分、デロット先生のファンだね。

知らなかったんだけど、デロット先生って一部の女子から根強い支持を得ているそうだよ。この辺りはランミーアさん情報。

さて、最後に私の幻影を。一番地味だけど、何気に難易度の高い仕上がりにしてみました。

私はテキスト担当なんだけど、皆が映した幻影の邪魔にならないよう、下の方に文字を流す、いわゆるテロップ状態にしている。

こっちに映像はまだないから、テロップそのものがないんだよね。幻影とはいえ文字を流すって辺りに、どよめきというか、驚愕《きょうがく》の声が聞こえてきた。見た事がないから、当然かも。

幻影は、紙芝居……というか、静止画を使った動画って感じ。動くのはテロップだけなんだけど。

大盤振る舞いで、劇に使われた音楽のスコアを取り寄せ、それを吹奏楽部に演奏してもらい、録音したものをバックに流している。劇場で芝居を見た人ほど、没入感が強いみたい。

この録音機、吹奏楽部に凄く欲しがられたっけ。一応、熊からの貸与って形で期間限定で貸し出す事になったらしい。それが、演奏の報酬って事で。

幻影の中で、ヒロインが辛《つら》い出来事に遭う時には会場から嘆きの声が、あわや命の危険が、という時には悲鳴が上がった。皆様、感情移入してくれてるようで。

それにしても、デロット先生の描いてくれた絵、本当に凄いなあ。なんというか、ドラマチックな画風でこの物語に凄く似合ってる。

あの時、依頼出来て本当によかった。さあ、物語はクライマックスだ。音楽の方も、最高潮に盛り上がっている。

ヒロインがヒーローと敵対する勢力に誘拐され、あわや命のピーンチ！　観覧席からも悲鳴が聞こえるわ。

でも、ヒロインが冒頭で情けをかけた敵対勢力の下っ端君が、ここで恩を返すとばかりに敵の目をかいくぐってヒロインの下にヒーローを連れてきた！

追いかけてきた敵対勢力と死闘を繰り広げるヒーロー！　もう観覧席は幻影の虜《とりこ》だ！

間一髪、ヒーローの剣が敵の胸に突き刺さる。力なく倒れる敵。ヒーローは、全てが終わったと確信して、ヒロインを抱きしめる。観覧席からは、感嘆の声。

最後は、華麗な王宮での舞踏会の一幕。危険も去り、ヒーローとヒロインが仲睦《なかむつ》まじく踊る場面で終幕の大きな文字。

全ての幻影を映し終わり、術式を順番に解いていって、最後にまた第三王子の合図で一礼。やり遂げた感に、胸が熱い。

それとは対照的に、会場はしんと静まりかえっている。あれ？　反応、なし？

一瞬焦ったけど、二拍くらい遅れて徐々に拍手が広まり、最後には満場の拍手喝采《かっさい》を浴びた。

よかったー。大成功だ。暗い色になった空に、試合会場の喝采はいつまでも響いていた。

合流したら、コーニーとシーラ様が大感激していましたよ。

「何あれ凄いわ！」

「素晴らしい出来だったわ。集団魔法の可能性が開けたわね！」

そういや、こっちには映像を見せるタイプのエンターテインメントはないもんね。芝居か歌劇がせいぜいか。

「あれは、一体誰が考え出したものなんだ？」

「熊か？　だが、あの熊にあんな繊細なものを考えつく感性、あったか？」

サンド様の言葉にヴィル様が半信半疑といった様子で口にしたけど……ヴィル様、なにげに酷《ひど》い。

まあでも、あの熊だからなあ。

それに、幻影魔法を使うと決めたのは私だ。熊はリストに入れたにすぎない。各パートに分かれて映像を見せようと決めたのも、私か。

という訳で、種明かしをしておく。

「使ったのは幻影の術式ですよ。色々と手を加えましたが」

「って事は、レラが考えたのか」

あ、しまった。何かヤバげな雰囲気……ヴィル様の視線が怖い。

サンド様の声が、低く響いた。

「それを知っている者は？」

「正確に知ってるのは熊だけで、後は、多分熊と私の二人で作ったと思われてるかと」

「そうか……ジアンには、私から一言入れておこう。レラ、集団魔法の事を聞かれたら、所長に聞くように言いなさい」

「はい、サンド様」

……あの集団魔法、ヤバい代物だったんだろうか？　元々軍事利用されていた術式だって話だけど。でも、攻撃力はまったくないんだけどね。

とはいえ、幻で相手を翻弄《ほんろう》するのなんて、ゲームやマンガではよくある話だしなあ。意外と、今も戦場で使えたりするのかも。

「あなた。ヴィルも。そんな話は後日でいいでしょう？　今日は学院祭を楽しむ日ですよ」

「あ、ああ。そうだな」

「悪いレラ。つい癖で」

「いいえ」

多分、二人が考えてくれてるのは、私の安全だ。実父が頼りにならない分、ペイロンの伯爵とアスプザットの人達が私を守ってくれている。

ありがたいと思いこそすれ、迷惑に思う事なんてない。

学院祭ももう終わり。半分近く誘拐事件に巻き込まれたり、ちょっと最後に面倒臭そうな雰囲気になったけど、もう全部忘れちゃえ。後は熊に丸投げだ。

後日、学院祭での人気投票で、十年連続一位だった騎獣レースをぶっちぎり、我が総合魔法の幻影集団魔法実演がトップを取ったそうな。いやー、頑張った甲斐《かい》があったよ。

おそらく、来年度の授業申し込みは殺到するだろうと、熊が今からほくほく顔だ。やっぱり、選択授業は生徒の数がある種のバロメーターになるそうで、教師の評価に響くんだってさ。

「でだな、あの魔法、王宮や各種劇場が売ってくれって言ってきてるんだけどよ」

「研究所で適当によろしく」

「丸投げかよ！」

当たり前じゃない。こういう時の為の所長って肩書きでしょうが。サンド様やヴィル様の忠告もあるしね。それに、今年度の評価もバッチリなんでしょ？　だったら、このくらい引き受けてもらわないと。

いやー、あの時あの話を聞いておいてよかったわー。

第七章　一年が終わる

学院祭後ののんびりした時間を享受していた私の下に、アスプザットからお迎えが来ました。

「何故《なぜ》呼ばれたか、わからないって顔ね」

アスプザットの王都邸に、ロクス様、コーニーと一緒に到着した私に、シーラ様が笑っている。

いつものように、王都邸の奥にある居心地のいい居間に通されて、最初の言葉がこれ。

「母上、僕も理由がわかりませんよ」

「あらあら、まだまだねえ、あなた達」

今度は呆《あき》れられてしまったよ。と思ったら、居間に誰かが入ってきた。

「お、揃ってるな」

「ヴィル様……と、サンド様も」

二人で入ってきたよ。あれ、これ何があるんだ？

「兄上も呼ばれたんですか？」

「呼ばれたというか、説明役の一人だな」

「説明？」

ロクス様とコーニー、私の声が重なった。私達の様子に、ヴィル様まで呆れてるよ。

「誘拐事件の顛末《てんまつ》、知りたくないのか？」

それか！　捕まえたまではいいけれど、後は周囲に丸投げしたから、すっかり頭から飛んでたわ。

「王宮の地下牢《ちかろう》で尋問したんだが、とんでもない内容が出てきたぞ」

ヴィル様がうんざりした顔で言ってる。どんだけの内容が出てきたんだろう。

説明は一旦《いったん》、サンド様が引き取った。

「まず、今回の誘拐は身代金目的の営利誘拐だった。しかも、その為《ため》の組織まで作られていたよ」

やっぱり、誘拐がビジネスになってたんだな。本当、ろくでもない事に頭と体を使うくらいなら、真っ当に働けっての。

「それと、学院内に手引きした者が数名見つかった」

「え……じゃあ、騎獣の教師以外にも、彼等《ら》に加担していた教師がいたって事ですか？」

「その通りだ。嘆かわしい事だな。屋台の出店前調査にも手が加えられていた。だからあんな連中が学院に入り込めたんだな」

何でも、加担していた教師達は誘拐組織が開いている賭博《とばく》の常連だったそうで、ギャンブルの借金がかさんでいたんだって。

「その借金も、組織側が操作した賭《か》け事《ごと》で負けた結果作ったものらしい。つまり、全てが最初から仕組まれていたという事だな。かなり前から仕込んでいて、学院内での誘拐も一度や二度じゃないそうだ」

随分と、大々的な組織だな。賭け事に興じていたなんて、噂《うわさ》になっただけでも教師達には致命傷だ。

サンド様はここで一旦話を区切り、次はヴィル様が口を開く。

「で、私の方からはその賭博の事だ。これはこれで組織の収入源になっていたようだが、他の犯罪の手助けをさせる者や、口封じをさせる者を呼び込む餌場にもなっていたらしい」

「それって……」

「捕まえる人間が大量に増えたそうだ。今頃黒耀《こくよう》騎士団が悲鳴を上げているぞ」

おおう。黒騎士団の皆様、お疲れ様です……。

今回の誘拐事件で、実行犯やそれに連なる連中は捕まえられたそうだけど、どうやら主犯というか、計画立案をした人間だけが捕まえられなかったそうだ。

「おそらくは、どこかの貴族だという話だ。これからも捜査は続けるそうだから、いつかは捕縛出来ると思っておこう」

調べた結果、以前の誘拐で戻されなかった子供が何人かいるって話。表向きは病死と届けられているけれど、どうも攫《さら》われてそのまま……というケースじゃないかって。

その為《ため》、王宮からも捜査続行の指示が出ているらしい。

「ともかく、話は王宮まで行っている。もしこの事件に遭遇する事があったとしても、お前達だけで動かないように。特にコーニーとレラ」

「え？　どうして私達が名指し？」

「兄様、レラはともかく私は――」

「待ってコーニー。ともかくって何だともかくって。私よりコーニーの方が好戦的でしょ！」

「失礼ね。私はエグい方法で敵を倒したり捕まえたりしないわよ！」

「エグくないよ！」

ちょっと眠らせたり酸素不足に陥らせたり電撃で失神させたりするだけじゃないか！　切り刻むよりは見た目がましだよ！

あれこれと言い合いになったけれど、学院祭における誘拐事件の顛末はこんな感じだ。ギャンブルに溺《おぼ》れて犯罪者に手を貸した教師達は一斉解雇され、学院も少しは綺麗《きれい》になったらしい。

その分、学院長が激怒していそうだけど。遠い場所の話だから、知ーらないっと。


平和だ。学院祭以降、目立ったトラブルはない。いちいち小うるさいリボンちゃんも、何故だか最近おとなしいし。

第三王子も、適切な距離感で接してくれている。たまに未練がましい視線を感じるけれど、無視してればいいし。

いや、本当にこれ以上の手助けとかいりませんので。下手に王家とお近づきとかになりたくない。

集団魔法に関して、演劇部辺りから使わせてくれという申し入れがあったそうだけど、研究所の方で権利関係を整理している最中だからと言って保留中、って話は熊から聞いた。

あれ、王家や本職の劇場からも問い合わせが来てるくらいだもんなあ。あれに関しては熊に丸投げなので、私は知らなくていいんだけど。

まあいい。きっと、これはいい傾向だ。邪魔がいなければ、思い切りあれこれ出来るし。

「という訳で、色々挑戦してみたいと思います！」

「やっと時間が取れたもんなあ」

現在いるのは、熊が使っている総合魔法準備室だ。準備室と言えば聞こえはいいけど、ここ、もう熊の実験室になってるよね。いいの？

「いいんだよ。許可は取ってる」

「さすが熊。伊達《だて》に所長なんぞやってないね」

「熊ゆーな！」

何を今更。最近じゃあ、生徒間でも「熊」で通るというのに。

まあ、今はそれはいい。今日やるべき実験は。

「じゃーん！　大容量収納魔法ー！」

「おお、やっと実現出来そうか？」

「いやあ、長かったわー」

正直、亜空間収納なら既に理論が確立されてたんだけどね。今のままだと使いづらい術式でしかない。だから、ありものの術式をつぎはぎして、使えるように出来ないかという実験。

「広すぎて維持する魔力が底なしになるっていう部分は、最初から容量を限定する事で回避する」

そうする事によって、使用魔力を抑える効果が得られる。それと同時に、亜空間内に入れたものがどこにあるかわからなくなるという欠点も解消。

逆に、何でも無制限に入れられる、という利点は消えるけどね。でも、容量によっては使い勝手がよくなると思うんだ。

「容量は、今のところ三段階にしようかなと」

「ほう」

「小が研究所の倉庫一個分、中が倉庫十個分、大が百個分」

「おい、何で単位が研究所の倉庫なんだよ。しかも個数って」

「わかりやすくしたんだよ」

わかりやすいって、大事だよね。わかりやすさといえば、収納に何を入れたか忘れるって話も聞いたので、中身を一覧で表示出来るようにしておいた。

これは、物を入れる際に登録するようにしてある。データベース作ってアクセス……とかも考えたけど、そっちの方が面倒なので、使う側が任意でリスト登録するようにしました。

用意した布製のバッグ。素材は蜘蛛《くも》絹。これ、ルチルスさんが作ってくれました。見返りに、蜘蛛絹の端切れをあげたら悲鳴を上げられちゃった……。

ともかく、この布バッグに収納魔法回路を付ける。すると、いわゆるマジックバッグの出来上がり……になる、はず。

さっそく、回路を組み上げて書き込む。蜘蛛絹を素材にしたのは、魔法回路を書き込みやすくする為。蜘蛛の糸は魔力との相性が抜群なのだ。

用意した魔法回路、全部書き込めました。

「ん。うまくいった。んじゃ、次はリンゴを入れて……と」

バッグの口から、リンゴを一個入れてみる。よしよし、ちゃんと登録ウィンドウが出てきたぞ。

ここに仮想キーボードを使って「リンゴ」と入力。

「なんだこりゃ」

「これで入れるものに名前を付けておくんだよ。そのものの名前でも、あだ名でも、番号でもいい」

ただ、番号だけだと後で個数とごっちゃになりそうだけどね。その辺りは、使用者の好みかな。

リンゴ以外にも、あれこれ入れてみた。机とかの家具も入れたけど、問題なし。取り出しも大丈夫。小さなバッグの口から、にゅるんと出し入れされる大型家具の姿は、割とシュールだったけど。

でも、これで一応実験成功だ。大容量収納魔法、完成でーす。

「これで魔物を移動陣で送る必要がなくなるー」

「その為の開発かよ」

「当たり前でしょ！　森の前の広場で、もめ事が起こるといえば魔物が理由じゃないか！」

皆、魔の森から移動陣を使って広場に狩った魔物をまとめて送るから、どれが誰のかわからなくなる時があるんだよ。

で、「これは俺のだ」「いいやこっちのだ」って争いが起こる……と。中にはわかっていて自分が狩ったんじゃない魔物にまで所有権を主張する連中がいるんだよなあ。

で、それらを解消する為にも、収納魔法の確立を急いだって訳。

「私もよく絡まれてたからさあ」

「ああ……命知らずな連中もいたもんだよなあ」

うるさいな。ほっとけよ。まあ、絡んできた連中は漏れなく逆さづりにして反省を促しておいたけど。


その後も、あれこれ作ったり実験したりして楽しい学院生活を送っていた。そして学年末試験の到来である。

「どうして学校という場所は、試験が好きなのか……」

「わかりやすいからね。授業態度で成績付けるのも、能力差を考えると限界があるし」

私の愚痴に丁寧に答えてくれるのはロクス様だ。最近、昼食はロクス様とコーニーの三人でとる事が多い。

何でも、個別食事会は長期休暇前には増える傾向にあるんだって。でも、もうじき試験期間に入るのにな。

「だからだよ。その前に、なるべく付き合いのある家同士の調整をしておきたいんだろう」

なるほどー。貴族の場合、親の付き合いが子供にも影響するから。前世で聞いたママ友の世界の逆バージョンかな。

「アスプザットの場合、家族ぐるみの行事は夏にあるからね」

「ああ、ペイロンの狩猟祭ですか?」

「そう。内外に知らしめるのにも、いい機会だ」

ペイロンの狩猟祭とは、その名の通り狩猟と祭りがごっちゃになったもの。アスプザットが筆頭を務める派閥、王家派の一大行事なのだ。

もちろん、狩るのは魔物じゃなく普通の野生動物。魔物の狩りなんて、普通の貴族には無理だからね。アスプザットの兄妹《きょうだい》は、その限りじゃないけど。夏の長期休暇は、ペイロンに入り浸りだし。

狩猟祭は一週間かけて行われ、狩猟以外にも軽業師が来たり出店が出たり移動遊園地が来たり芝居小屋が建ったりする。大人も子供も楽しい祭りだ。

貴族は貴族の、庶民は庶民の楽しみ方をするんだけど、一部の貴族はこの機会にお忍びで庶民に交じって楽しんだりもする。皆、知っていて知らない振りをするそうな。そういうのも、ペイロンの人達はお手の物なんだってさ。

私は不参加なので、毎年移動遊園地で遊んでたっけ。狩猟祭の間は魔の森は立ち入り禁止になるから、つまんないんだよなー。

今年も、その狩猟祭の季節がやってくるのか。と思ったら、ロクス様から声が掛かった。

「そういえば、レラも学院に入ったから、今年から狩猟祭には参加する事になるね」

「え？　そうなんですか？」

「お母様から、聞いてなかったの？」

コーニーの言葉に、首を横に振る。聞いてないよ？　何にも。

「学院生になると、成人前でも準成人として扱われるから、狩猟祭には参加しないと」

「でも、実父が参加したって話、聞いた事ないよ？」

そう、私の実家であるデュバル伯爵家はアスプザット侯爵家と同じ王家派に属している。……はず。なのに、狩猟祭に参加したという話は、聞いた事がない。少なくとも、私がペイロンに捨てられてからこっちは。

もしかして、捨てた娘と顔を合わせるのが嫌で不参加にしていたとか？

「いや、両親に聞いた限りでは、レラの祖父の代からあまり参加していなかったらしい。デュバルは狩猟嫌いだと言われている程にね」

おおう。派閥の付き合いを蔑《ないがし》ろにしていたとは。実父、やる気あるのかね？

「ともかく、レラだけでも参加すれば、派閥内でのデュバル伯爵家の評判は少しは上がるから、ちゃんと出席した方がいいよ」

「あら兄様、レラにとってデュバル家はどうでもいいのではないかしら？　何せ、自分を捨てた家よ？　派閥内の評判が地に落ちようが、放っておけばいいじゃない」

「だからこそ、だよ」

ロクス様の謎の一言に、私もコーニーも首を傾《かし》げた。

試験期間に突入ですよ。さすがに教室内でも、教科書とお友達な生徒ばかり見かける。屋根裏部屋に遊びに来たランミーアさんとルチルスさんも、ノート持参だ。

「二人共、気合い入ってるね」

「学年末のこの試験は、落とせないもの」

「落としたりしたら、せっかくの長期休暇がなくなるものね……」

ああ、補習ってやつですね。いつの世も、生徒にとって長期休暇前の試験は厳しい関門よのお。

おっと、他人事《ひとごと》じゃないよ。私も気を付けなきゃ。下手な成績を取ったりしたら、ペイロンでも勉強漬けにされかねない。そういうところ、伯爵もシーラ様も厳しいんだよね。

学年末は、学期末よりも出題範囲が広い。何せ、学年末だから。

で、ここで落第すると当然留年という事になる。学院側としてもそれは避けたいので、夏の長期休暇中に補習を行ってなんとか進級させる訳だ。

教師側も出来れば補習なんかはやりたくないので、何とか試験で合格点を取ってくれってのが本音らしい。その為、追試もありだってさ。

「ただ、ここって貴族学院でしょう？　留年も追試も恥だって事で、親に退学させられる生徒もいたそうなの。あ、これは上級生のお姉様からの話ね。だから、信憑性《しんぴょうせい》はあるわよー」

そう言うのはランミーアさん。彼女、既に寮内で上級生達とも交流があるそうな。最初はクラブ活動の先輩から、そしてその先輩のお友達へ、更にそのお友達へと広げていってるんだって。

ランミーアさんのコミュ力、凄《すご》いな。そして、先輩に当たる上級生達から有益な情報を聞いてきては、私達にも教えてくれる。大変ありがたい事です、感謝感謝。

「それでね。お姉様方から去年の試験対策を頂いてきたんだー」

「ランミーアさん、凄い！」

「えへへー、それほどでもないけどー」

「今日のお菓子はランミーアさんに多めにあげよう」

「本当に⁉　嬉《うれ》しいー！　ありがとう‼」

このお菓子、学院の食堂で販売しているもので、生徒だけでなく教師にも人気の逸品。何せここの食堂、料理長が元王宮の料理人だった人だからね。さすが王立、こんな場所にも王家の力が。

試験対策は、教養学科のみならず、選択授業にも及ぶものだった。ただ、残念ながら今年開講した総合魔法の対策はなかったわー。ま、何とかなるでしょ。

かくして、屋根裏部屋は即席の勉強場所となるのだった。


万全の対策で臨んだ試験期間も、順調にすぎて今日で終了。後は総合魔法を残すのみ。教養学科は、ランミーアさんが持ち込んだ「対策」が功を奏した。いや、ありがたやありがたや。

騎獣授業は、学院祭以降担当教師が急に替わった。まあ、そりゃそうだよねえ。あの事件に加担した教師は、全員懲戒解雇されている。

その騎獣だけど、相変わらず乗れる魔獣がおりません……来年には、何とか調達するって教師に言われちゃったよ。来年、選択するのやめようかな。

という訳で、騎獣は今回もペーパーテストのみ。しかも、私だけ特別テストが用意されてたんですけど。いや、落第よりはいいんだけどさ。何だかね。

弓の方は大分腕が上がった。きっと先生の教え方がうまいんだと思う。その証拠に、私と一緒に初心者から始めた生徒も、皆腕が上がってる。とりあえず合格点はもらったのでよし。

錬金術の試験では、指定された魔法薬を作って提出する。今回出されたお題は「魔力減衰薬」。こんな薬、何に使うのかと思ったけど、魔力暴走を起こす子供に処方する事があるんだってさ。私の髪色が変わった時にも、この薬があれば何とかなったのかね。ならないか。一晩で色が変わったって話だから。そもそも、私の場合は暴走ではなくいきなり魔力が増えた結果だし、減衰薬では対処出来ないものだったんだよ、多分。

ちょっとしんみりしつつ、減衰薬を作って提出。合格点をもらっている。

魔道具は、魔法回路を一つ書き上げるという課題。これ、指定された効果の魔道具用回路を一から書くというもの。

今まで回路を書き込んだ事自体はあったけれど、あれは用意された回路図を書き込んだだけだったからね。今回は、自分で組み上げないといけない。

課題として出されたのは、「離れたところにあるベルを鳴らす」という結果を出すもの。ベルは用意されていて、対応する番号は各人に割り振られている。私の番号は二番。名字の順だってさ。

これ、自分で考えた回路を書き込んだスイッチを使い、ベルを鳴らせるか試すまでが試験。なので、その場で結果がわかるというね……。

ちゃんと、ベルは鳴らしたよ。そこは抜かりない。ただ、中には鳴らせない人もいたね。先生がこめかみに青筋立ててました。怖い。

で、総合魔法なんだけど。

「本当にいいの？」

「いいって言ってんだろが。早くやれや！」

「知らないからね、もう……」

なんと熊が出した試験、全力で魔法を熊にぶつけるってもの。死んでも知らんよ。

ちなみに、この試験、私が一番最後。ここまでの攻撃は、熊が全部しのいで終了。その際、改善出来る点を指摘してる辺り、熊には余裕がありそう。

それなら、本気でやっちゃっていいか。本人もいいって言ってるしね。

今使える最大級の攻撃魔法は、高圧力で噴射する水。いわゆる、ウォーターカッターってやつだ。鉄も切れるやつ。

普段魔の森で魔物討伐をやっている関係から、火や風系等の魔法は使わないようにしてる。木々に甚大な被害が出るから。あの森は、焼いちゃいけない場所なんだ。

そうなると、残された攻撃魔法は魔力そのものを当てるか、水を攻撃に転じさせるか。

他にも手はあるんだけど、素材を採る事を考えると水が一番いい方法だったんだよなあ。

という訳で、高圧ウォーターカッター、いきまーす。

「うお！」

約一分間、シャワーのように本数を増やしたカッターで攻撃。熊め、全部しのいだな。

「ちっ」

「てめえええ！　今舌打ちしただろおお！」

「ソンナコトシテイナイヨ？」

「嘘吐《うそつ》け！」

とりあえず、とぼけておいた。あ、総合魔法は高得点を取れたよ。やったね。

学年末試験の結果は、総合六位。学期末とほぼ同程度だから、シーラ様に怒られる事はないでしょ。よかったよかった。

さあ、いよいよ長期休暇。やっとペイロンに帰れるー。


学年末試験が終わると、学院内は一挙に休暇前のムードに切り替わる。皆、休みは楽しみだよねー。特に夏は長期だから、一杯遊べるし。

「二人共長期休暇は、どうするの？」

後数日で終業式という日の夕食時。寮の食堂でランミーアさんに聞かれた。同席しているのは、私以外ではルチルスさんだけ。いつもの事ですね。

そのルチルスさんは、自宅のある自領に帰るらしい。

「母と弟に会えるのが楽しみだわ。王都でお土産をたくさん買わなきゃ」

ルチルスさん、お父さんはいいの？　あえて外したのか、素でなのか。聞かない方がよさそう。

「その辺りは、私達は代わり映えしないわねえ。ローレルさんはどうするの？」

「私は、ペイロンに帰るわ」

あそこはうちの領地という訳じゃないけど、育った場所だからやっぱり「帰る」って意識だなあ。

「そういえば、ペイロンって夏に大きなお祭りがあるんですって？　上級生のお姉様に聞いたわ」

ランミーアさん、よく知ってるね。まあ、あれは領外でも有名だそうだから、知ってても不思議はないか。

「狩猟祭ね。男性が活躍するお祭りよ」

何せその名の通り、狩猟がメインのお祭りだから。一週間、昼間は狩猟、夜は夜会という祭りだ。

「男性しか楽しめないのかしら？」

ルチルスさん、鋭い。

「そういう訳ではないけれど、狩猟が主な祭りで、女性は狩猟には参加出来ない決まりだから」

「えええええ？　何それ。女子だって、狩猟を楽しみたい人、いるんじゃないの？」

本当にねえ。ランミーアさんの言う通り、ここにいるよ、狩猟を楽しみたいのが。後はコーニーも出たがってたなあ。

「ただ、女性は別の楽しみがあるの」

「別の楽しみ？」

ランミーアさんとルチルスさんの声がハモった。

「旅芸人が来たり期間限定の芝居小屋が建ったり、王都の劇場からも劇団や音楽団が来たりするのよ。移動遊園地も来るし」

「まあ！　楽しそう‼」

「旅芸人なんて、私、見た事ないわ」

お、二人共、目が輝いてるね。歌劇や芝居は、王都にいても学院生だとなかなか見られないからかな。社交界デビューしていても、在学中は夜の催し物にはなかなか出席出来ないって話だし。

それに、ルチルスさんが言っていたように、貴族となると旅芸人の芸を見る機会も少ない。

「ねえ、ローレルさん。そのペイロンのお祭りって、アスプザットのご兄弟も参加なさったりするのかしら？」

ランミーアさんの一言に、食堂内がしんと静まりかえる。え？　なんで？

「ええと、もちろん三人共参加しますよ？」

もっとも、コーニーは狩猟には参加出来ないけど。女子は女子で、やる事があるんだよねー。

私の返答に、ランミーアさんだけでなく、周囲からも歓声が響いた。

「本当に!?　ああ、そのお祭り、私も行けないかしら!?」

おおっと、凄い勢いだな。しかも、余所《よそ》のテーブルからも凄く熱い視線が飛んでくるんですけど。

あ、コーニーも別テーブルから声を掛けられてる。

「えーと、お祭りに関しては、私にはなんとも。ご実家のご家族に相談なされては？」

ペイロンの狩猟祭は、派閥内では重要な催し物の一つとされている。だからこそ、招待する家も厳選してるんだよね。

その辺りは、伯爵とサンド様、他にも派閥の重要な家の当主達で話し合って決めるそうだから。

正直言って、まだ成人もしていない私にどうこう言う権限はないのだ。

私の返答に、ランミーアさんがちょっとトーンダウンしてる。

「やっぱりそうよね……うちは派閥に属していない弱小貴族だから、招待はちょっと難しそう……」

「うちもだわ」

うーん、こればかりは何とも。招待客リストを見る事は出来ないけれど、多分二人の実家は招待されていないとみた。招待客なら、今頃準備に追われてるはずだから。当然、それは娘である二人にも伝えられるはず。この時期にそれらがないという事は……そういう事だね。

ただまあ、狩猟祭に参加出来なくとも、この時期のペイロンに来る事は出来る。

「何なら、観光がてら見物に来てはどう？」

「え？　見物なんて出来るの？」

「ええ。狩猟祭は観覧客も多いし、何より先程も話した通り楽しめるものが一杯だから」

狩猟祭は、参加するだけじゃなく見物に来る客も多い。観覧客の為に、有料の席も用意されているくらいだし。おかげで毎年狩猟祭の時期は観光客が一挙に増えるんだよね。

だからこそ、祭りの前後は厳戒態勢になるんだよ、あの領。おかげで犯罪検挙率がその時期は特に高くなるので、庶民には喜ばれます。

他にも、観光客が多いという事は稼ぎ時でもあるんだよねー。宿関連は上から下まで手ぐすね引いて待っておりますとも。

祭り見物に来るのは貴族だけじゃないからね。

終業式も無事終了し、本日から長期休暇でーす。寮の玄関は、大変な混雑ぶりだ。全ての寮生がいなくなるので、この騒動も当然か。

夏の長期休暇中は、学院そのものが閉まる。もちろん寮も閉まるので、居残り組はいないそうな。補習の場合、王都の外れにある聖堂がその会場になるらしい。費用もなかなかのものだってさ。事情があって家や領地に帰れない生徒の為には、学院が主催する夏期合宿なるものがあるんだって。誰でも参加オーケーで、長期休暇の大半は食住の面倒を見てくれるそうだ。

まあ、それなりにお金はかかりますが。

学院の正門で、コーニーと二人、ロクス様を待っている最中に夏期合宿の話になった。コーニーが声を潜める。

「帰れない理由で一番多いのは、家庭の事情らしいわよ」

「家庭の事情……」

思わず復唱してしまった。何となく、複雑そうに聞こえるのは気のせいかな。

「例えば、実母が既になく、後妻が幅を利かせている実家に帰りたくない子とか」

「ああ。腹違いの姉妹がでかいツラしてる家には帰りたくない人とか」

「後、遠すぎて簡単には帰れない場合とか。貴族の家も、色々だから」

身につまされますなあ。

ロクス様は監督生だからか、教師に捕まっているらしく、まだ来ない。この情報を教えてくれたのは、通りかかったベーチェアリナ嬢だ。

あの一件以来、会うと声を掛けてくれる。寮でもシェーナヴァロア嬢と一緒に気に懸けてくれてるみたい。

実は二人にも、私が屋根裏部屋に住んでいるというのがバレました。どうも、王太子がリークしたらしい。一応、個人情報に当たるんじゃないの？　こっちには保護法はないけれど。

バレた時は大変でした。二人から普通の寮の部屋に入れるよう、寮監に掛け合うとまで言われたからね。何とか好きで屋根裏部屋にいるんだって事を、わかってもらったけど。

大幅に魔改造したので住み心地はよくなったし、何より広いのがいい。普通の部屋だったら出来ない改造もしているので、あの部屋を割り振ってくれた旧寮監には感謝だ。

正門の近くには、私達の他にも迎え待ちの生徒がちらほらいる。ここにいるって事は、門前まで馬車を乗り付けていい家って事だな。

「……あれ？」

リボンちゃんがいるぞ？　デュバル家って、乗り付けオーケーな家じゃなかったはず。

「コーニー、あれ」

「あら、学院の問題児じゃない。デュバル家はとっくに許可なしになってるのに」

何でも、私の兄に当たる長男が病弱を理由に学院に入らなかった辺りから、乗り付けの許可が取り消されたそうな。シーラ様達からの情報だと、本当は病弱な訳ではなく、母に甘やかされた結果の引きこもりだってさ。

ちなみに、甘やかした張本人の母は三年前に亡くなっている。

どんな理由であれ、貴族の義務である学院入学をブッチした訳だから、そりゃ乗り付け許可も取り消されるわな。てか、ヒッキーの兄は社会復帰出来るのだろうか。

……私が考える事じゃないね。実父辺りが考えればいいんだ。

ちょっと黒い考えに浸っていたら、ロクス様がやってきた。

「やあ、お待たせ」

「お疲れ様でーす」

「兄様、先生の用は終わったの？」

「うん。雑用を押しつけられただけだから」

雑用って、そんなさらっと……。

三人が揃《そろ》ってすぐ、馬車が来た。さすがに今回は中からヴィル様が出てくる事はなかったよ。

乗り込む際に、リボンちゃんの姿が目に入った。あの子、あそこでずっと待ってるつもりかね。

まー、どーでもいっかー。


王都のアスプザット邸は、何だか忙しそうだ。

「ああ、お帰りなさい」

「ただいま戻りました、母上。何だか、騒々しいですね」

ロクス様もそう思ったんだ。まあ、使用人達がバタバタ走り回っているのを見れば、誰でもそう思うか。

普段はこんな事、ないもんね。

「ペイロン行きの支度が間に合わなかったのよ。荷物のいくつかは後で送らせるわ」

「なるほど。王宮で何かあったんですか？」

何故、アスプザット家のペイロン行きの支度が調っていないと、王宮で何かあった事になるのか。未《いま》だによくわからない。

でも、シーラ様はロクス様の言葉ににやりと笑う。

「少しは学んでいるようね。南の小王国群で、内乱が始まったのは知っていて？」

「またですか？　今度はどこです？」

「最南端、レズヌンドよ」

「海に面した国でしたね。我が国でも、塩と砂糖を輸入している。そこが内乱ですか？」

「ええ。その調整で、王宮に行きっぱなしだったの」

オーゼリアの南側には、乾燥した大地が広がっていて、そこに大小二十近くの小国がある。オーゼリアでは、全部まとめて小王国群って言ってるけど、全部違う国だ。

その小王国群の中でも、一番南に位置する国で、内乱が起こったという。オーゼリアに飛び火するような距離ではないけれど、塩はともかく砂糖の輸入に支障が出ると困るなあ。

甘い物好きにとって、レズヌンドの砂糖は安価で入手しやすく、しかも質がいいと評判なのに。

外交のお仕事をしているサンド様からすれば、取引のある国の内乱は他人事《ひとごと》じゃない。だから、シーラ様と王宮に詰めていて、ペイロン行きの仕度が遅れたのか。

てか、そんな事情の中ペイロンに行って大丈夫なの？

ちょっと心配していたら、ロクス様が呆《あき》れたような声を出した。

「それにしても、レズヌンドねえ……今度はどこがやらかしたんです？」

「軍部ですって」

「ああ、フロトマーロ関係ですね」

「ええ。毎回、懲りないわよねえ、本当に」

あれー？　何かロクス様とシーラ様の会話が、随分とのんびりなんですが。緊急事態じゃないんですかねえ？

レズヌンドもフロトマーロもオーゼリアとは取引のある国で、フロトマーロは百五十年くらい前にレズヌンドから独立した国。ここは主にスパイスの取引がある。後は、花。季節外れの花を輸入して飾るのは、貴族の嗜《たしな》みだそうな。

そんな経緯があるフロトマーロなので、レズヌンド国内には今でもフロトマーロをもう一度併合すべきという一派がいるそうな。今回やらかしたという軍部は、その一派の中でも強硬派と呼ばれる連中なんだってさ。

二人の様子に、私と同じような事を思ったのか、コーニーが疑問を投げかける。

「お母様、兄様、レズヌンドの内乱って、心配するようなものではないの？」

「そうね」

「あそこには、ゾクバル侯爵家の領軍が常駐しているから」

ゾクバル侯爵っていうと、王家派閥の序列二位だか三位の家。オーゼリアの南端に領地を持ち、常に小王国群との小競り合いをしているところ。国境守護の役目もある家だったはず。

ソクバル侯爵の領地は、確かに小王国群に接しているけれど、レズヌンドからは遠いのになー。

それだけ、オーゼリアにとってあの国が貿易相手として大事って事なのかも。

……間違っても、いいように使える国だから軍を派遣しておく、とかじゃないよね？　軍事を握っておけば、いつでもどうとでも出来るとか、考えてない……といいなあ。

「当代ゾクバル侯爵は物理攻撃一辺倒だけれど、あそこの領軍には腕のいい魔法士が数多くいるんだ。その中でも、小王国群に派遣されているのは、腕利きばかり。物理攻撃だけのレズヌンドの軍部など、赤子の手をひねるより簡単に制圧出来るよ」

ほほう。今回の内乱も、あっという間にクーデター側を制圧したそうな。

でも、じゃあ何でシーラ様達は王宮に詰める事になったの？

「それでも内乱は内乱。後始末も含めてこちらと連絡を取り合う必要があったの。会議も必要だし、本当に面倒だったわ」

その面倒なあれこれももう終わったので、ペイロンに行っても問題はない、と。なるほどー。

納得していたら、何故かシーラ様がいい笑顔で私に向き直った。

「そうそう、黒耀《こくよう》騎士団のユーイン卿《きょう》からちょっとした事を頼まれたのだけれど」

ん？　黒耀騎士団というと、黒騎士？　それを、何故私に言うんですかねえ？

「彼、魔の森で腕試しがしたいそうよ」

「はあ？」

確か、黒騎士って王都警備が主な仕事のはず。つまり、剣を振る相手は人間。対人戦が殆《ほとん》どだ。魔の森には、当然だけど魔物しか出てこない。いや、偶《たま》に獲物の取り合いで小競り合いになる事はあるけれど、大抵ペイロン関係者にげんこつ食らっておしまいだ。

そんな森で、腕試し？　対人戦と対魔物戦じゃ、大分違うと思うんだけど。

「ユーイン卿は、何だってまたそんな事を？」

ロクス様も、何だか笑っている。そして、こちらを見る目が意味深だ。どういう事？

「それがねえ、以前捕縛しようとした相手が魔獣を操っていたんですって。ほら、鳥型の魔物は比較的飼い慣らしやすいでしょう？　あれを使っていたそうよ」

「……つまり、これからそういった魔獣を操る相手にも当たるかもしれないから、より強い魔物との戦いを経験しておきたい……と？」

「そういう事、らしいわ」

言い終わったら、ロクス様とシーラ様で何やら笑い合ってるんですけどー。

「コーニー、あの二人、どうかしたの？」

「さあ？」

わからないのは私達だけって事？　何か気になるー。

でも、これ以上突っ込むと危険な気がするのは、何でだろう？　ただの気のせい？

エピローグ

学院の長期休暇は、いわゆる夏休みだ。六月頭から九月頭までの、本当に長い休み。生徒達も夏期合宿に参加する者、王都で家族と過ごす者、家の領地に帰る者と様々。

私は当然、ペイロンに帰るよ。魔の森で魔物を狩って稼ぐんだー‼

いやあ、最初はどうなるかと思った学院生活だけど、なかなか楽しかった。一学年分でも、こんなに濃い時間を過ごせるものなんだね。

私的に収穫だったのは、ランミーアさんとルチルスさんと仲よくなれた事。ペイロンは近場に女の子があんまりいないから。

どうもあの血筋、女子が生まれにくいらしいんだよね。だからか、シーラ様の娘であるコーニーはペイロンでもお姫様扱いだ。彼女はそれに甘えない、しっかり者だけど。

「レラ？　どうかしたの？」

「ううん、何でもない。そろそろ？」

「ええ。移動陣のある部屋にいらっしゃいって、お母様が」

移動陣の用意が調ったらしい。

アスプザットの王都邸には、移動陣が常設で置いてある。これ、設置するだけでもかなりのお値段なのよ。そして運用するには相当量の魔力コストがかかる。

だから滅多な家には設置されていないんだ。ここはほら、王家派閥のトップだし、侯爵家だし、ペイロンとも仲よしの家だから。

コーニーと一緒に、移動陣が設置されている部屋へ向かう。使用人達が忙しそうに、荷物を持って部屋を出たり入ったりしてるね。

あの荷物は、私達が向こうで滞在するのに必要なものばかり。自分で荷造り出来るんだけど、この邸《やしき》でそれは許されていない。使用人の仕事を奪うような事は、してはいけないんだって。

楽でいいけどね。いつもありがとうございます。

「コーニー、レラ。来たわね」

「準備が出来たって聞きました。……サンド様は？」

「仕事で遅れるんですって。私達は先に行きましょう」

「はーい」

大変だな、サンド様も。

移動陣には二種類あって、魔力が充填《じゆうてん》済みで、後は起動用のキーを使うだけってものと、魔力がすっからかんなので使う時に魔力を充填するもの。

アスプザットに設置されているのは後者。実は、前者は王宮に設置されていると聞いている。緊急避難用なんだって。キーが何なのかは聞いてないけれど、あるのは間違いないそうな。

王族なんて、いつ命狙われてもおかしくないもんね。

「ではレラ、お願いね」

「はーい」

この移動陣への魔力充填は私の仕事だ。今いる面子《メンツ》の中で、一番魔力量が多いからね。普段だと、ヴィル様とロクス様が二人がかりで充填するらしいよ。

移動陣に入り、足下に魔力を流していく。よしよし、ちゃんと溜《た》め込んでいるな。

「シーラ様、もう少しで起動出来ます」

「わかったわ。あなたがいいと思ったところで起動してちょうだい」

「了解でーす」

んじゃ、行きますか。

ああ、待っててねペイロン。魔の森の魔物達。これからしっかり、狩り取ってやるからな！

私の夏休み、楽しくなりそう！

あとがき

斎木《さいき》リコです。初めましての方も久しぶりの方も、お買い上げありがとうございます。

さて、実は私、あとがきを書くのは初めてなんです。なので、何を書いたらいいのやら……あ、作品に関する事を書くべきか。

これを読んでる方は、本編を読んでるだろうからご存知《ぞんじ》だと思いますが、この作品、恋愛要素は低いです。どれくらい低いかといえば、ヒーローの存在を作者が度々忘れるくらい。

しかも、この巻では登場回数も少ないというね……ごめん、君が悪い訳じゃないんだ。作者が恋愛ものを書くのが苦手なだけなんだ。

書籍化に際し、Ｗｅｂ版からは加筆だけでなく修正も入れてます。調整というか、Ｗｅｂ版は現在ほぼ毎日更新なので、割とこう、思いつきで書く事が多くてですね……設定上の矛盾が発生したりなんだりはよくあったりして。

そういう部分や、後から「いやいや、これおかしいだろう」という部分は潰《つぶ》し……修正しました。多分、直ってるはずです。

そんな本作、Ｗｅｂ版を読んでる方なら「え？　ここまでなの？」とお思いでしょう。ええ、実は最初私もそう思いました。もうちょっと詰め込むんじゃないの？　って。

ただ、編集さんの方から「折角書いたものを削るのはもったいない」というような言葉を頂きまして。なら、エピソードを膨らませて文字数増やそうじゃないか！　と。

増やすのは得意なんです。削るのは苦手ですが。何せ気付けば十万文字を軽く超える事もしばしばあるのでね……。

何故《なぜ》十万文字かといえば、大抵の女性向けレーベルの募集要項にある文字数制限がこれだからです。

ええ、毎度文字数多すぎて応募すら出来ない状態ですよ。悲しい。

それはともかく。何とか発刊までこぎ着けた本作、出来れば長く続いてほしいと思います。

それと、何と本作、コミカライズが進行中ですってよ！　詳しい事が決まり次第、何かしらの形でご報告させていただきます。それまで、待っていてもらえると嬉《うれ》しいなあ。

それではまた。ぜひ次巻でお目にかかりましょう。

カドカワBOOKS

家《いえ》を追《お》い出《だ》されましたが、元気《げんき》に暮《く》らしています
～チートな魔法《まほう》と前世《ぜんせ》知識《ちしき》で快適便利《かいてきべんり》なセカンドライフ！～

2023年８月10日　初版発行

著者／斎木《さいき》リコ

発行者／山下直久

発行／株式会社KADOKAWA

〒102-8177
東京都千代田区富士見2-13-3
電話／0570-002-301（ナビダイヤル）

編集／カドカワBOOKS編集部

印刷所／暁印刷

製本所／本間製本

●お問い合わせ
https://www.kadokawa.co.jp/（「お問い合わせ」へお進みください）
※内容によっては、お答えできない場合があります。
※サポートは日本国内のみとさせていただきます。
※Japanese text only

Printed in Japan
ISBN 978-4-04-075091-0 C0093

新文芸宣言

かつて「知」と「美」は特権階級の所有物でした。

15世紀、グーテンベルクが発明した活版印刷技術は、特権階級から「知」と「美」を解放し、ルネサンスや宗教改革を導きました。市民革命や産業革命も、大衆に「知」と「美」が広まらなければ起こりえませんでした。人間は、本を読むことにより、自由と平等を獲得していったのです。

21世紀、インターネット技術により、第二の「知」と「美」の解放が起こりました。一部の選ばれた才能を持つ者だけが文章や絵、映像を発表できる時代は終わり、誰もがネット上で自己表現を出来る時代がやってきました。

UGC（ユーザージェネレイテッドコンテンツ）の波は、今世界を席巻しています。UGCから生まれた小説は、一般大衆からの批評を取り込みながら内容を充実させて行きます。受け手と送り手の情報の交換によって、UGCは量的な評価を獲得し、爆発的にその数を増やしているのです。

こうしたUGCから生まれた小説群を、私たちは「新文芸」と名付けました。

新文芸は、インターネットによる新しい「知」と「美」の形です。

2015年10月10日
井上伸一郎

転生少女の三ツ星レシピ

tensei shoujo no
mitsuboshi recipe

～崖っぷち食堂の副料理長、はじめました～

深水紅茶　イラスト 白峰かな

　元日本人のサーシャは、異世界の宮廷で史上最年少の副料理長として活躍中！　しかし、とある“やらかし”で厨房をクビにされ、流れ着いた先は今にも潰れそうな大衆食堂!?

　手始めに、醤油の旨味を活かした料理で嫌味な高利貸を黙らせると、屋台でカスタードたっぷりのクレープを出したり、扱いづらいワイバーン肉まで美味しく調理！

　料理好きな転生者と食堂の跡取り娘、崖っぷちだった二人が作る料理は王都でどんどん評判になって――？

カドカワBOOKS

潰れかけの
大衆食堂を救うのは、
『楽しくお仕事
in 異世界』
中編コンテスト
受賞作
「元」宮廷料理人の
転生者!?

聖女じゃなかったので、王宮でのんびりご飯を作ることにしました
seijo ja nakattanode, oukyu de nonbiri gohan wo tsukurukotonishimashita
シリーズ好評発売中!!
FLOS COMICにて
コミカライズ連載中!!
&コミックスも
発売即重版!!
カドカワBOOKS

メシマズ異世界で
〜皆の胃袋わし掴み……したら
誰も私に逆らえなくなった!?〜
神山りお
ill たらんぼマン
聖女召喚で異世界へ来た莉奈は、あまりのご飯の不味さに驚く。王宮でさえこの味なの……？　もう自分で作るから厨房貸して！　聖女の役目から解放された莉奈は、美味しい料理で王族たちの心と胃袋を掴んでいく！

FLOS COMICにて
コミカライズ連載中!
漫画・shoyu
憧れの後宮は
トラブルだらけでした!?
新米宮女、
医療チートで大活躍!
第4回カクヨム
Web小説コンテスト
キャラクター文芸部門
〈特別賞〉
風邪の予防に
アルコール
消毒!
呪い信者の
道士と
医学論争!?
無害な
化粧品
づくり!